채우뱅 칼럼

蔡宇秉

재정사 JJbooks

영국에 살면서

민족상잔의 비극 6·25 전쟁

일제 강점기

영국에 살면서

영국에 살면서

1
—

이한응 공사 동상 제막식

이한응 공사상의 除幕을 하고있는 노창희 주영대사(左), 장민옹 재영
한인회장(右), 채우병 이한응 열사 추모사업 추진위원회 위원장(中)

지난 8월 15일(일) 오전 10시, 제 4회 8·15 경축 행사 및 이한응 공사 동상 제막식
이 대사관저에서 노창희 주영 대사 및 이한응 공사 추모사업 추진위원회와 재영 한인
(在英韓人) 다수가 모인 가운데 거행되었다.

| 이한응 공사(李漢應 公使)는 누구인가?

그는 1874년 9월 21일 경기도 용인군 이동면 차산리에서 출생하였다. 일직이 큰
뜻을 품고 당시 한성(서울)으로 상경, 18세 때에 관립 외국어 학교 영어과를 우수한
성적으로 마치고 한성부 주사로 임명되었다. 그 후 26세 때 모교 영어 교사로 근무하

였고 28세에 주영 한국 공사관 참사로 이곳 런던에 부임하여 민영돈 주영 공사를 보좌하여 국제 외교에 심혈을 기울이다가 민 공사가 귀국한 뒤 주영 서리공사(駐英 署理公使)로 승진하였다. 그 당시에는 미국이나 일본과도 대사 아닌 공사로 외교 관계를 맺고 있었으므로 이한응 공사는 세계 최강국이었던 영국에 파견된 우리나라 대표 외교관이었던 것이다. 특히 당시는 세계적으로 동서 정세가 어지럽고 한국의 운명이 풍전등화와 같았던 구한말, 강대국들의 식민지 쟁탈에 여념이 없던 때였다. 러일전쟁에 승리한 일본은 대륙 진출을 꾀하며 동으로 필리핀을 장악한 미국을 미끼삼아 그들의 간섭을 막고 서쪽으로는 영국과 영일동맹을 체결하여 한국 땅을 무혈점령하였던 것이다. 대부분의 재영 한인들에게는 다소 생소한 이름이기도 한 이한응 공사(李漢應 公使)는 구한말(舊韓末) 주영 한국 대리공사(駐英韓國代理公使)로 근무하던 당시, 국운을 바로 잡을 길이 없어 고민하던 중 영국이 한국의 독립을 지키도록 도와 달라는 내용의 편지를 영국 외무성에 보냈다. 그러나 영국 정부는 이한응 공사의 편지를 받았다는 간단한 답장만을 보내왔으며 이 같은 영국의 한국에 대한 냉담한 태도에 실망한 이한응 공사는 1905년 5월 12일 기울어지는 국운을 비관해 방년 32세의 나이로 London Earl's Court의 한 외로운 숙소에서 목을 매어 자결했다.

아!
이 날에 주권이 없으니
같은 외교관도 평등치 못하구나.
모든 교섭에 치욕이 망극하니
혈기 있는 자 어찌 참을 수 있으랴.
아!
나라는 장차 폐허가 되고

민족은 남의 종이 되리로다.

구차히 산들

그 욕됨이 자심할지니

한시바삐 죽어서

잊음만 같지 못 하리라

이제 결심하니

따로 할 말이 없구나.

　이한응 열사의 순국에도 불구하고 을사조약은 체결되었고 7개월 후 충정공(忠正公) 민영환 열사와 2년 후 이준 선생의 자결, 또한 4년 후 안중근 의사의 의거 등, 이 모든 충절(忠節)의 정신이야말로 이한응 열사의 뜻을 이어받은 애국애족의 정신이라 하겠다. 어언 1세기 가까이 지난 지금 이한응 열사와 같은 선열들의 '얼'이 헛되지 않아 오늘날 우리나라는 힘차게 도약, 하루가 다르게 발전해 가는 자유 독립국가로서 경제 대국의 면모를 갖추어 바야흐로 선진국의 문턱에 이르게 되었다. 그 동안 세월도 많이 흘렀고, 세상이 변하고 인심이 달라짐에 따라 거룩한 선열들의 애국 애족의 정신과 은공이 한인들의 머리에서 점차 사라져 감은 안타까운 일이 아닐 수 없다. 더욱이 이(李) 열사는 사라져 가는 민족의 운명에 고귀한 피를 흘려 왜직에 항거한 충렬 의사(忠烈 義士) 가운데 제일 먼저 '모범'을 보였다는 점에서 열사의 '순(順)'으로 보아 한층 높게 평가를 받아야만 한다. 이곳 영국에 거주하는 한인들은 당시 세계 정치 무대의 중심지였던 런던 땅에서 결사로 항거한 이한응 열사의 민족 애국정신을 다시 한 번 상기하고 후세까지 그 거룩한 정신을 영원히 기려야 한다. 다행이 수년 전부터 이곳에 영주하는 뜻있는 몇 분이 이한응 열사 추모 사업을 위하여 물심양면으로 심혈을 기울였고 마침내 추진 위원회를 구성하게 되었으며, 또한 금년도 재영 한인회 사업 활동 예정에 입상(立像) 건립을 추진하였으나 이런저런 사정으로 미루어짐으로 인해 흉상(胸像)으로 건립하게 되었다.

2

나의 조국 대한민국 (조국 찬가)

유구한 역사

찬란한 문화

영원한 미래

무궁히 발전하는

나의 조국!

나의 사랑!

삼천리 금수강산

슬기로운 단일민족

아름다운 나의 조국

아아! 대한민국이여!

반세기 만에 조국을 방문하고 돌아오는 이 비행기 안에서, 나는 조국을 사랑한다고 힘차게 외치고 싶다. 조국을 진실로 사랑한다고...... . 봄, 여름, 가을, 겨울의 뚜렷한 사계절이 갖가지 풍경으로 변하는 금수강산(錦繡江山). 삼라만상이 요동하는 봄, 온 천지에 새싹이 돋아나고 방방곡곡에 갖가지 아름다운 꽃이 피어나며 온갖 새가 노래하고 초목이 살랑살랑 춤을 춘다. 봄비는 곳곳에 산과 들을 물들이니 천연의 색깔이 용솟음친다. 대지에 서식하는 온갖 동물이 생명을 위하여 얻어야 할 재료를 마련하기 시작하는 봄. 아름답게 생동하는 봄. 무럭무럭 자라는 초목은 녹음방초의 짙은 색깔로 천지를 덮고 그 속에서 오곡은 익어간다. 높은 기온은 곳곳에 습한 곳을 말리며 그래도 더럽다 싶으면 소나기가 깨끗하게 청소해 준다. 이 무더운 여름에 사람들은 훌훌 벗어버리고 고운 모래사장이 넓게 깔려 있고 푸른 파도가 율동하는 바다로 피서를 간다. 저 아름다운 삼면의 바다로...... .

무더위가 계속되는 느낌이 올 때 벌써 찬바람은 숨어들기 시작하고 밝고 파란 하늘의 가을이 찾아와 우리 마음을 상쾌하게 해주고 곳곳에 단풍이 물들기 시작하며 들판은 황금빛으로 변해간다. 남몰래 살며시 찾아오는 가을, 그리하여 온 천하가 총천연색으로 물들어 황홀하게 빛나며 사람들을 산으로 들로 유인한다. 오곡백과(五穀百果)를 거둬들이기도 전에 가을은 이미 우리에게 아름다운 자연을 선사한다. 세계 어느 나라에 이와 같은 뚜렷한 사계절이 있어 때마다 시기를 맞춰 대지를 이토록 찬란하고 아름답게 물들이는가?

땀 흘리면 노력의 대가(代價)만큼 풍성한 결실을 이루게 하고 곡식을 저장하면 바야흐로 백설이 날아들기 시작한다. 더운 온도에서 썩어져 가는 식물과 잡균, 해충을 서서히 냉동시켜 전염을 방지하도록 이 땅 위에 차가운 눈이 내리고 얼음이 덮이게 되는 것이다. 그리하여 천지를 하얗게 덮어 주는 겨울 눈 위에서 미끄럼을 타며 즐겁게 놀 수 있도록 히였으니 아마도 하나님은 세계의 모든 나라를 만들기에 앞서 우리나라를 제일 먼저 만드시고 본(本)으로 삼으신 것은 아닐까? 보라! 드높은 산이 있고 비옥

한 대지가 있으며 삼면은 푸른 바다로 무진장의 보배가 그 속에 잠겨 있다. 북으로는 대륙이 연결되어 넓은 세상으로 뻗어 나가 살 수 있고 높은 산에는 천지(天池)가 있으며 낮은 산에는 수목이 무성하고 맑은 물이 흘러 큰 강을 이룬다. 곳곳에 하나님의 조각상 같은 울뚝불뚝한 바위산이 있고 그 속에는 은, 금의 자원이 가득하다. 아아! 무궁(無窮)한 금수강산(錦繡江山)! 그러하기에 강대국들이 우리나라를 질투하고 빼앗으려 침략의 야심을 품고 호시탐탐 노리고 있는 것이리라. 그러나 우리 조상들은 슬기롭게도 그 횡포를 교묘히 피해 가며 반만년의 유구한 역사를 지켜 왔다. 그리하여 홍익인간(弘益人間)의 민족문화와 배달민족의 그 기틀을 간직하고 지키면서…… . 오오! 민족이여! 우리는 이 아름다운 강산을 하나님으로부터 물려받았다. 찬란한 문화와 슬기로운 영광을 이 땅에 간직하고 있으나 어찌하여 이 아름다운 금수강산을 강대국들이 양분하여 자국의 이익을 위하여 동족상쟁(同族相爭)을 교사하고도 그 횡포가 모자라 핏줄을 갈라놓는 민족 분단(分斷)의 비극을 자행한단 말인가? 하나님은 아마도 그들을 심판하시리라. 그 어떠한 마술(魔術)로도 우리 배달민족의 동질성은 변하지 않을 것이며 양분된 조국은 곧 통일을 이루고 우리 민족은 하늘이 주신 이 나라를 굳건하게 지켜 나갈 것이다. 그러므로 분단의 역사는 그리 오래가지 않을 것이다.

조국의 높은 하늘에서 황폐한 강토를 내려 보며 우리나라의 번영을 빌며 떠나올 때 몇 시간 후 일본의 상공에서 치산치수의 그 잘 다듬어진 산하를 내려다보며 얼마나 부러워하였던가? 30년의 세월이 흐른 뒤에 다시 찾아온 사랑하는 나의 조국. 나는 거듭 조국을 예찬한다. 그리고 내 눈으로 보는 조국의 그 '기'는 생생히 살아 있다고 외치고 싶다. 한 때 어렵고 고생스러웠던 '보릿고개' 시절이 있었지만 지금은 달라졌다. 잘 다듬어진 푸른 산, 맑게 흐르는 시냇물, 풍부한 의식주를 바탕으로 어느 선진국보다 문화 혜택을 받고 있는 나라, 고도로 발달된 조국의 농원을 이루었다. 만일 과거에 조국의 '기'가 죽었다면 이렇게 생기 넘치는 면모를 볼 수 없었을 것이다. 지금 우리는 다시 한 번 어려움을 겪고 있다. 소위 이 IMF의 신탁통치는 우리를 조롱하고 국민으로 하여금 위정자를 원망하게 하며 대기업은 국민의 피땀 어린 세금으로 횡포를 부리고 있다. 그리고 아직도 썩은 정치 지도자들이 탐욕을 부리고 있다. 그러나 조국의 '기'가 살아 있는 한 국민은 희망을 잃지 않고 묵묵히 걸어갈 것이다. 왜냐하면 이보다도 더한 어려움도 우리 국민은 견뎌 냈기 때문이다. 우리 국민은 크고 어려운 국제 행사도 치렀고 갖가지 난관도 극복하였다. 나는 조국이 절대로 망하지 않을 것을 확신한다. 보라! 북한에서 반세기나 지속되는 자유의 억압이 터지고 통일이 되는 그날, 예부터 전통적으로 생활력이 강하게 태어나는 그들이 남쪽으로 파도같이 밀려와 굳건한 생활 터전을 마련하고 남쪽의 발 빠른 중소기업가들이 서로 다투어 북쪽의 풍부한 대지와 인적 자원을 활용하여 공장을 만들어 세계의 수출고를 올릴 것이다. 강대국이 제 아무리 귀신같은 흡혈귀라도 조국의 이 '기'가 살아 있고 남북이 평화스럽게 뒤엉켜 살면 누구도 감히 우리 금수강산을 탐내지 못할 것이며 영원히 빛나는 나라가 될 것이다. 이렇게 거듭거듭 조국의 장래와 발전을 위하여 기도하고 찬미하며 번영과 영광이 있기를 기원한다.

5월 5일 돌아오는 비행기 안에서

3

한국 교민의 영국 정착과 발자취

16세부터 외항선을 타고 세계를 누비다 영국에 처음 정착
했던 고 조남해 옹

한국인의 미주 이민 역사가 올해로 100주년을 맞이했다. 지난 한 세기 동안 미국에
정착한 많은 한국인들은 온갖 역경을 딛고 수적 증가뿐만 아니라 유명 인사들을 배
출하여 코메리칸 성장사와 민족 승리의 표상을 보였으며 다른 나라에 정착한 동포들
보다 으뜸으로 국위 선양에 앞장서 나가고 있다. 1903년 1월 13일 Gaelik 호를 탄
102명이 사탕수수 재배 노동 취업차 하와이 호놀룰루에 첫발을 디디면서 미주 이민
의 역사가 시작되었다. 한 세기가 지난 지금 107만 6천여 명의 많은 동포가 미국인의
0.38% 나 차지하고 있다고 한다. 이와 같이 해외 교두보 역할을 하면서 한미 국교 관
계의 영향에도 큰 몫을 차지했을 것이다. 물론 이 무렵 구소련 연방과 중국에도 많은

한민족이 흩어져 살고 있었다. 구소련 연방과 중국 지역으로의 이주는 국가차원에서 연구해 볼만한 과제일 것이다.

현재 3만 명이 넘게 거주하는 것으로 추측되는 영국의 교민 정착사(僑民定着史)는 미국의 농장 집단 취업이나 이웃 독일의 경우처럼 광부와 간호사의 기술자 고용과는 달리 유학 후의 잔류, 방문이나 여행 도중 취업 또는 자영업 등 개인의 뜻에 따라 정착하고 특별 기능의 국가 초청 등으로 이루어져 뚜렷이 이주 역사의 시작을 찾을 수 없다. 그러므로 누군가가 영국 땅에 발을 디디고 정착한 바로 그날을 영국 교민사의 시작으로 기록할 수 있을 것이다. 한인들의 영국 정착사(英國定着史)를 살펴보면 1883년 Herry Park이 비준서를 가지고 한양수교를 맺었지만 한국인이 이곳 영국에 정착한 사실은 찾아볼 수 없으며 또한 그로부터 19년 후 1902년 민영돈 공사가 직원 5명을 거느리고 Earl's Court의 공관에 머물렀다가 1904년에 철수한 사실이 있지만 이것을 이민 정착으로 볼 수 없다. 그 후 1917년 일본 외항선을 타고 영국에 입국한 고(故) 조남해(趙南海) 옹(翁)이 최초의 영국 거주 교민으로 알려져 있다. 당시 조 옹은 영국 입국 후 임금 차별 대우에 불만을 품고 일본 선주에게 임금 투쟁을 벌였으나 관철되지 않자 승선을 거부, 결국 영국 땅에 정착했다. 그는 97년의 인생 가운데 75년을 영국에 정착해 살았고 영국 땅에 묻혔다. 이밖에 윤보선 전 대통령, 장택상 전 총리, 나용균 전 국회 부회장 등이 영국의 명문 대학에서 학업을 마치고 일제 식민 통치 하에 한국으로 귀국해 독립운동과 광복 후 건국에 크게 이바지하고 혁혁한 공을 세우기도 했다. 여성으로는 광복 후 1948년 주한 영국 외교관으로 부임한 분과 국제 결혼하여 영국에 와서 살다가 고인이 된 김 모 여사가 있다. 아마도 김 여사가 최초의 영국 정착 한인 여성일 깃으로 생각된다. 그녀의 자손들은 현재 영국 법조계 고위층에서 활약하고 있다. 한국전 당시 주한 영국 군인과 국제 결혼하여 영국에 정착한 여성

들도 있으나 곳곳에 산재해 있어 확인할 길이 없고 55년 영국 군인과 결혼하여 57년에 영국에 정착했다는 Mrs. Gills (김옥희) 씨는 Reading에서 잘 살고 있다. 50년 후반 펜팔로 연결되어 사업하는 영국인과 결혼 하여 Ealing에서 행복하게 살고 있는 김 모 여사도 있다. 그분의 말에 의하면 당시 대사관에 근무하는 Mrs. 모와 Mrs. 카타라는 분이 국제결혼으로 영국에 거주하였다고는 하나 필자가 상면하여 대화를 나누어 본 적은 없다. 이와 같이 고(故) 조남해 옹이 영국에 첫발을 디딘 후 남자들보다는 여자 분들이 더 많이 영국의 곳곳에 거주하였으리라 생각된다. 또한 광복 이후부터 60년대까지 한인 사회에 노출 되지 않고 이곳 영국의 명문대학에서 조용히 학업을 마치고 귀국, 조국의 각 분야에서 성공하신 분들도 있는데 이동원 전 외무부장관, 한성주 전 외무부장관 현 나종일 주영대사가 그분들이다. 1955년에 들어서면서 유학생 수가 점차 늘어 주로 대사관 주선으로 모임이 시작되었으며 58년 처음으로 유학생들이 모여 한인 친목회가 구성됐다. 당시 유학생 현경호 씨가 총무로 선임되었는데 이것이 한인들의 첫 모임이었다. 그러나 학생들이 기약 없이 귀국하는 경우가 많아 수개월 또는 일 년 정도의 모임을 가졌을 뿐이다. 60년에는 영국 정부 초청으로 해운 연수생, 유학생들이 들어왔으며 일찍이 진출한 해운공사, 대한중식 등 회사와 모임을 가졌다. 65년 11월 한인 모임의 정간을 개정, 해운공사 지사장 김희석 씨가 회장으로 피선됐으나 5개월 후 유학생에게 회장을 넘겨주었고, 69년 말에 병원 의사로 근무하던 엄창현 씨가 2년 5개월간 회장직을 맡기도 했다. 65년 이후에는 건설회사와 금융기관 종합상사 연락사무소 등이 들어와 한인의 수가 늘어나고 학업을 마친 유학생 또는 회사 근무 연한을 마친 사람들이 잔류해 자영업을 시작하였으며 74년말 K.K.P.사 강철수 씨가 3년 3개월 동안 장기 회장직을 맡는 등 영국 한인사회는 점차 발전해 갔다.

예술인으로는 한인 교민의 자랑인 세계적인 음악가 정경화 씨가 있다. 그분의 영국 진출 및 정착이 언제였는지 상세히는 모르나 80년대 초 만해도 필자가 가끔 방문하여 영국 남편과 단란한 가정을 이루고 사는 모습을 볼 수 있었으나 지금은 연락조차 두절되고 말았다. 80년대 이후의 교민사는 많은 증인들이 현존하고 있으므로 생략하기로 하고 교민을 위주로 하는 교민회와 주재 상사를 위주로 하는 한인회가 양맥을 이루어 두 단체가 통합, 재영 한인회를 이루는 과정과 이에 따른 애로사항은 다음 기회에 기술하기로 한다. 끝으로 14년 후면 100주년을 맞이하는 영국의 교민사가 미국의 이민사와 같이 민족 승리의 표상을 이루기를 갈망하며 국제무대에서 활동하는 피아니스트 주형기 군과 같은 현 교민 2세들이 각 분야에서 활발히 싹트기를 기대해 본다.

| 교민 정착 제1호 고(故) 조남해(趙南海) 옹(翁)

고 조남해 옹은 경북 청송에서 태어나 12세의 어린 나이에 선원이 되어 16세 때 일본의 외항선을 타기 시작, 22세에 영국에 도착했다. 일본의 외항선에 승선을 거부한 그는 다시 영국의 외항선에 몸을 싣고 5대양을 휘젓고 다닐 때 러시아혁명, 중일전쟁 등을 선상에서 들었으며 일본이 조국에 행한 가혹한 식민지 정책과 이승만 박사의 독립운동 소식 또한 선상에서 들었다고 한다. 2차 세계대전의 연합군 승리와 조국 해방의 감격, 분단과 한국전쟁 역시 직접 목격하지 못한 그는 영국인과 결혼해 가정을 이루고 있었다. 그는 영국 부인과 사별한 후 귀국을 몇 번이나 시도했으나 여의치 못했다고 아쉬워했다. 필자가 그를 처음 방문했을 때는 인도인을 양자로 삼아 도움을 받다가 말년에는 빅토리아 근방의 시영아파트에서 김 모 집사의 보살핌을 받아가며 생활했다. 그는 가끔 방문하는 필자에게 지나온 삶을 회상하여 이야기 해주곤 했는데 포리머스 상선 사관학교에 유학중이던 전 국방부장관 신성모 씨에게 물심양면으로 도움을 주었으며 조국을 위해 큰일을 하라고 격려했다고 몇 번이고 되풀이 말하면서 무엇인가 크게 섭섭한 것 같은 표정을 짓기도 했다. 1991년 11월 17일 그가 별세했다는 소식을 받고 찾아갔을 때 김 모 집사만이 쓸쓸한 빈소를 혼자 지키고 있었으나 연락을 받은 대사관 영사와의 협조로 교민 다수가 참석, 순복음교회장으로 장례를 치렀다. 장례를 마치고 돌아오는 내내 초대 교민의 적막한 말로가 가슴을 뭉클하게 했다.

(코리안 위클리 2003년 1월 31일 *The Korean Weekly-영국 대표 한인신문)

4

영국 최초의 한인 목사 김북경

1970년 런던에서 결혼한 영국인 부인 신시아와 김북경 목사

　"무면허 운전하다 경찰에 적발된 어느 한국 분이 다급한 나머지 'Look at me.' 하며 날 좀 봐주라는 뜻으로 애원을 했답니다. 한인 여러분! 여기서 한국 분이 엉터리 영어를 했다고 웃는 것이 중요한 것이 아닙니다. 로마에 가면 로마의 법을 지키라는 서양 격언이 있습니다. 우리는 남의 나라에서 국위 선양해야 할 책임이 있습니다. 우리 한 사람 한 사람이 모두 외교관인 것입니다. 그런데 외교관이 이래서야 되겠습니까? 우리는 반드시 운전면허를 얻고서 운전해야 합니다." 지금으로부터 27~8년쯤 전에 젊은 신학도 한 분이 한인 사회의 모임에 나가 이같이 말하며 무면허 운전을 견제하며 계몽했다. 바로 그가 영국 한인 사회 최초의 목회자 김북경 목사이다. 오늘 어느

주간지의 광고에서 김북경 목사의 고별 예배 (9일) 소식을 보고 그가 목회하는 교회에 나가지 않는 필자지만 그날만은 꼭 참석하리라 다짐하면서 지난날을 돌아보며 이 글을 쓴다. 혹 그에게 한 점 누가 되지 않을까 염려가 되지만 그래도 그가 한인 사회에 남긴 혁혁한 공과 발자취가 있으므로 아쉬움 많은 지금의 목회자들에게도 귀감이 되었으면 하는 마음에 글을 잇는다.

김북경 목사. 그의 선친이 독립운동 하던 중 그를 중국 북경에서 낳았다고 그의 이름을 북경이라 지었고 차남은 중국 장춘에서 낳아 김장춘이라 작명하였다 한다. 그는 일찍이 고교 시절부터 영어 지도로 아르바이트를 할 정도로 영어 실력이 뛰어났다. 그로부터 영어 교습을 받았다는 교민 원로 한 분의 증언을 통해 그의 영어 실력을 가히 짐작할 수 있었다. 공군 통역 장교로 군 복무를 마치고 영국으로 유학한 그가 목사가 되기 위해 다른 학문을 마다하고 신학을 택한 것은 아마도 그의 모친의 영향이 아닌가 짐작된다. 김 목사의 졸업식에 참석한 그의 모친이 한인 회지에 투고한 '아들의 졸업식에 참석하고서' 라는 제목의 글에서 "하나님! 제 자식을 목회자의 길로 인도하심에 감사합니다." 라는 구절을 보았기 때문이다. 학업을 마치기 전부터 목사가 된 이후에도 한인 사회에 대한 그의 봉사는 변함이 없었다. 그는 집집마다 돌아다니며 언어 소통의 문제로 이민 정착에 어려움을 겪고 있는 사람들을 도왔고 교육과 생활의 토대 마련에 있어서도 용기를 주며 격려를 아끼지 않았다. 또한 공석 중인 한인 학교 교장 직도 맡아 손수 차를 몰며 학생들의 통학도 도와주었고 수업도 맡아 하였다. 바쁜 와중에도 전도를 위해서 많은 모임에도 참석하는 등 한인 사회 발전을 위해 동분서주했다. 한번은 전도를 위해 한인회의 소풍에 참석했는데 어느 기관장이 "목사가 이런 곳에 왜 왔어?" 라고 농담조로 말하자 "기도하러 왔네. 목사가 기도밖에 할 것이 무엇이 있겠나?" 라고 응수한 일도 있었다. 이처럼 그는 항상 흐트러짐 없이 목사라는 직업에 충실하였다.

　필자가 직접 목격하지 못했으나 수십 년간 그가 한인 사회에 끼친 혁혁한 공, 목회자로서 금욕과 기강은 가히 짐작해 볼 수가 있다.

　그는 사제를 털어 킹스톤 한인 교회를 마련하였고 목회하는 동안 예배뿐만 아니라 한인 사회 소규모 행사를 교회에서 치르도록 해주었고 결혼식의 주례나 장례식 집례도 맡아 하면서 늘 당당하면서도 겸손한 태도를 보였다. 목회하는 동안 두 남매를 입양하여 훌륭하게 키운 사실은 익히 다 아는 사실이다. 그가 목회자로서 흐트러짐 없이 생활하는 데는 유학 시절에 교제하여 결혼한 부인의 내조의 힘도 크지 않았나 하는 생각이 든다. 부인 또한 언어 소통의 불편을 눈치로 알아채고 동분서주하며 한국인 목사 사모로서의 역할을 충실히 해냈다. 장기간 김 목사의 모친이 중환자로 있을 때도 시 어머니 시중을 홀로 도맡아 했다는 이야기도 들은 바 있다. 필자는 그가 담당한 교회에 나가 보지 않았지만 지난날의 발자취와 간접적으로 들리는 풍문을 통해 솔선수범하는 그의 행동이 살아 있는 설교나 다름없었다고 생각했다. 본인이 극구 만류했음에도 불구하고 교회 신도들이 마련한 그의 회갑 잔치에 나도 어느 집사의 초청을 받아 그와 함께 자리한 적이 있었다. 한복 차림의 부부가 반갑게 맞아 주었다. 흰 머리와 얼굴에 생긴 반점은 오랜 세월 한인 사회를 위해 헌신한 목회자의 피로를 증명이라도 하듯 많이 연로해 보였다. 모친께서 별세하셨다는 소식을 접하고 문상 갔을 때 그는 "어머님은 하나님 곁으로 가셨다." 고 말하며 목회자답게 흐트러짐이 없으나 눈시울이 때때로 붉어지는 모습을 보였으니 모친의 사별에 슬픔을 참는 기색이 역력하였다.

그렇게도 아끼고 사랑하던 킹스톤 한인 교회를 신도들에게 미련 없이 인도하고 학생들의 권유로 먼 시골에 가서 말년에 또다시 교회를 개척하여 목회를 한다는 소식을 들었다. 그런데 뉴몰든의 뒷골목에서 성경을 들고 가는 그의 초췌한 뒷모습을 보고 주의 사람에게 물어보니 성경 공부와 전도를 위해 이곳에 가끔 찾아온다는 것이었다. 하나님의 말씀을 전하는데 정년이 따로 없다던 평소 그의 말대로 소명을 다하고 있다는 느낌을 받았다. 이제 그는 이곳의 목회를 청산하고 목회자를 배출하는 진리의 전당으로 금의환향한다. 영국 최초의 한인 목회자 김북경 목사, 말년에 무엇보다 건강과 하나님의 은총이 가득하기를 빌며 앞날의 영광을 축복한다.

5

조국의 세계화 정책과 교포의 역할

    김영삼 대통령이 세계화 정책을 국정 운영의 중심으로 설정하고, 국내의 각 분야에서 세계화를 적극 추진해 나갈 것을 권장하고 있다. 따라서 해외에 거주하는 우리 5백만 교포들도 과연 무슨 역할을 어떻게 하여 본국 정부의 방침에 다소나마 부응하고 국가 발전에 기여할 것이냐를 생각하여 볼 필요가 있다. 한국 정부의 세계화 정책 내용을 살펴보면 대체로 한국경제가 질적·양적 측면에서 선진국 수준에 이르러야 한다, 정치·법률·문화·교육 제도가 세계 수준에 달하여야 하며 그러한 제도의 선진화가 국민들의 자발적 참여와 창조적인 건설에 의하여 이루어져야 한다, 나아가 세계화 정책이 잘 추진됨으로써 통일에 크게 이바지할 수 있어야 한다는 것이다. (대통령 연두 기자회견 참조)

    대통령은 서로에 대한 존중과 배려, 협력을 통해 정신 의식이 세계 수준에 이르러야 하고, 경제가 더욱 발전하여 소득수준이 한층 높아져야 함은 물론, 국민이 일치단결하여 세계화 추진에 앞장서 나가야 한다고 강조하였다. 그런데, 해외 교포들은 정치적·문화적 측면에서 조국과 밀접한 관계가 있음은 물론, 해외에서 항상 간접적으로 국가를 대표하는 입장이고, 거주국의 제도와 문화 환경, 개개인의 인간성을 직접적으로 보고 느끼면서 생활하고 있어 본국보다 더 잘 알고 있다는 장점이 있다. 또한 조국의 정책을 외국에서 객관적으로 바라보고 장단점을 평가할 수도 있다. 이러한 점에서, 우리 해외교포들은 거주국에 얼마만큼 도움을 주고 협력을 이끌어 낼 수 있을지 그 가능성을 타진하고 간접적으로 자극을 줄 수 있는 방법을 연구해야 할 것이다. 한국 경제는 계속 성장하는 추진력을 갖고 있으므로 해외 교포는 직접적인 면보다 간접적으로 영향을 주는 방법, 예컨대 가급적 국산품을 애용하고 권하면서 홍보를 소홀이 하지 않는 마음의 자세 같은 것을 항상 간직하여야 할 것이다. 말하자면, 단체로서의 응집력, 한 단계 더 높이는 국위 선양, 수준 높은 민족적 자존심, 지탄 받지 않는 국민성 등 간접적으로 영향을 받도록 해 주는 것이 더욱 중요하다. 나아가 우리 해외 교포로 인해 조국이 부정적인 평가를 받지 않도록 노력하여야 한다. 자라나는 교포 2세가 미치는 영향은 자못 대단한 것이므로 그들을 어떻게 지도할 것인가를 중요한 과제로 항상 염두에 두어야 할 것이다. 그들은 한 사람 한 사람이 그 나라의 언어와 문화에 정통하고 있으며 조국에 대한 애국심도 갖고 있기 때문에 이민 1세대에 비하여 외국 문화를 조국에, 조국 문화를 외국에 소개할 수 있는 매개체 역할을 효과적으로 해 나갈 수 있다. 그들이 가급적 조국에 가서 공부하여 직업에 종사할 수 있는 기회를 갖게 하거나, 해외에 파견된 정부 기관이나 기업체에서 종사하도록 권장하여 정부의 세계화 정책에 크게 기여 할 수 있도록 하여야 할 것이다. 여기에서 한 가지 강조하고 싶은 것은 교포 2세가 조국이나 해외에 파견된 정부기관, 해외상사 등에서 일할 경우 다른 외국인에 비해 차별을 받는 경우가 있다는 현실적인 문제를 해결해 주어야 하며, 이들 기관 또는 기업체에서 보다 개선된 조건과 대우로 우리 교포 2세들을 고용토록 권고해야 한다는 것이다. 세계화를 추진해 나감에 있어서 이러한 문제들이 정책적으로 충분히 검토되고 반영되도록 해야 한다.

끝으로, 해외동포로서 통일에 대해 지대한 관심을 갖고 기여 방안을 찾기 위해 부단히 노력해야 할 것이다. 항상 마음속에 통일의 꿈을 간직하고 그를 실현하기 위해 힘을 북돋워야 함은 물론, 냉전체제가 무너진 지금까지도 아직 적대시하는 양 체제의 현실을 외국에서 냉정하게 평가하여 조국통일의 길로 나아가야 한다. 특히, 우리 해외 동포들은 한반도의 현실을 직시하여 어떤 편견에 치우치거나 정치 공작에 휘둘리거나 하지 않고 슬기롭게 미래를 향해 나아가야 한다. 과거 조국의 운명이 비참하게 몰락하였을 때 독립을 위해 필사적으로 노력하였던 그 불굴의 정신을 상기하고, 그 이상의 강인한 정신으로 남북통일에 헌신하여야 할 것이다.

6

영국인 배설(裵說)과 네덜란드인 희등구

영국 출신의 언론인 E.T. 베델(左)과 거스 히딩크(Guus Hiddink) 감독(右)

19세기 초 〈대한매일신보〉를 창간한 영국 출신의 언론인 베델(Ernest Thomas Bethell)과 2002년 월드컵 한국대표팀의 명감독 거스 히딩크(Guus Hiddink). '배설(裵說)'은 구한말 최대 민족지였던 〈대한매일신보〉(1904~1910)의 발행인이었던 Bethell의 한국명이며, '희등구'는 월드컵 4강 진출의 신화를 창조하며 한국의 위상을 세계 만국에 드높인 히딩크의 공로를 치하하여 명예 한국인과 서울 시민의 자격을 주는 것과 관련, 조선일보 논설위원인 이규태씨가 제시한 한국명으로 거기에 상함 축구장의 이름을 따서 상암 희씨라는 본관까지 지었다. 그러나 베델이나 히딩크가 한국 고유 한자 이름을 갖는다는 것이 중요한 것이 아니다. 다만 그들이 우리 민족에게 베풀어 준 지대한 공로로 인해 국민으로부터 추앙을 받는다는 것이 더 뜻있다 하겠다. 이준 열사의 원혼이 잠들어 있는 화란 땅에서 찾아온 히딩크. 그는 1946년 11월 8일 네덜란드에서 태어나 축구 선수가 되었고 36세 때 네덜란드 국가 대표단 감독으로 데뷔하였다. 1998년 프랑스 월드컵 '한국 대 네덜란드 전'에서 한국을 5 대 0 으로 격파하여 한국 축구사에 지울 수 없는 치욕의 상처를 남겼다. 그 당시 그는 한국 선수의 장래성과 소질을 유심히 관찰, 축구 경기의 역사를 혁신할 수 있다는 확신을 갖고 '대망의 꿈'을 실현시키고자 한국 땅을 밟았다.

결국 그는 그의 뜻을 반영시킬 수 있었고, 한국인에게는 '꿈은 이루어질 수 있다.'는 자신감과 지난날 우리 사회의 고질적인 그릇된 병폐들을 고칠 수 있다는 사실을 월드컵 승리 과정에서 일깨워 주었다. 또한 젊은 세대의 굳건한 단결심과 동질성은 물론 기성세대에게 불타는 애국정신을 보여줄 수 있는 기회를 주었으며, 6월 한 달간 4천 7백만을 열광케 하였다. 세계를 경탄케 한 붉은 악마의 기세는 해외에 거주하는 6백만 교포들에게도 단결된 민족정신을 확인시켜 주었고 거주국 사람들에게 한민족의 자존심을 되살려 주었다. 우리는 감사하는 마음으로 석별의 정을 나누며 그를 보냈고 그는 떠날 때 아쉬움을 담아 'Good Bye' 라고 하는 대신 다시 만나기를 기대하는 'So long' 이라는 표현으로 작별인사를 했다. 그를 보내며 앙모하고 존경하는 마음의 한편 우리의 잊혀 가는 역사를 살펴보아 조국이 위급에 처하였을 때 우리 국민에게 애국심을 고취하여 민족자결의 진리와 단결의 활력소를 심어 준 이곳 영국 출신 정의의 언론인 베델을 생각해 보자. 19세기 초 일본의 침략으로 나라가 풍전등화와 같은 운명에 처했을 때, 오직 항일 언론으로 한국의 최대의 민족지였던〈대한매일신보〉가 구국 운동을 전개하고 배일사상을 고취시키는데 참으로 지대한 공을 세운 것은 우리가 다 아는 사실이다. 당시 영국은 일본의 편에서 일본이 한국을 침략하는 것을 묵인하였지만〈대한매일신보〉의 발행인인 영국인 베델은 그의 조국의 정치 노선과 달리 불운에 처해 있는 한국을 도와 일본에게 부당한 침략을 당하여서는 안 된다는 논설을 〈대한매일신보〉를 통해 국내는 물론 세계만방에 알렸다. 베델은 영국의 브리스톨 북부 Shly에서 1872년 11월 3일에 태어나 Marchant Vunluse School를 졸업하고 1888년 열다섯 살의 어린 나이에 일본 고베로 건너가 무역업을 하였다. 그는 한국에 오기 전부터 일본에서 신문을 가지고 있었고 비록 높은 학력은 아니었을지라도 자기주장을 논리적으로 전개할 수 있는 문장력을 지니고 있었으므로 한국 특파원으로 온 후 바로 신문을 창간할 수 있었다. 그는 언론인 양기태, 신채호 선생들과 합심, 신문을 통해 일본의 침략 정책을 백일하에 폭로하였고 이에 일본 세력에 거세게 저항하는 운동이 전국적으로 전개되었다. 한국은 당시 베델과 같은 정의의 언론인을 필요로 하고 있었던 것이다. 일본이 침략전쟁을 노골적으로 추진하여 배일사상이 고취되었고 고종 황제는 언론의 힘에 용기를 얻어 해외 밀사 파견을 단행할 수 있었다. 그로 인해 황제의 자리에서 물러나야 하는 비극이 발생하자 전국 각지에서 의병이 일어났다. 민족의식과 애국애족 사상을 고취하고 민중을 계몽하는 범국민운동을 일으키는데 〈대한매일신보〉 보도의 역할이 지대했던 것이다. 경찰권과 사법권을 장악한 일본 통감부라도 신문 소유자가 치외법권의 혜택을 받을 수 있는 영국인이기 때문에 직접적인 탄압을 가할 수 없었으며 고종 황제는 이를 이용, 비밀리에 신문사에 경영 자금을 제공하여 민족운동의 근거지로 삼고 독립을 이루려 노력하였다. 일본은 한국을 통치하는데 큰 방해가 되는 이 신문을 폐간시키려 베델을 추방해 줄 것을 영국에 끈질기게 요구하였고 결국 베델은 모국인 영국과 일본의 음모 속에 투옥되어 상해에서 옥고를 치르다가 1909년 5월 서울로 돌아와 서대문 밖에서 37세를 일기로 생애를 마치고 양화진 외인 묘지에 묻혔다. 비록 약소국가에 대한 침략을 막아 주지 못하였다 하더라도 민족국가의 자결권에 대한 인식과 자주 독립의 정신을 고취시키는데 그의 공로는 지대하였으며 조국의 마지막 운명을 지켜줄 수 있는 등불마저 꺼졌을 때 우리 민족의 슬픔은 이루 말할 수가 없었다.

히딩크가 불을 지핀 민족 단결의 결실은 선진국 대열에 올려 진 태극 전사들의 드높은 기세와 함께 "대~한 민국!"을 외쳤던 붉은 악마로 대표되는 W 세대들로 하여금 불타는 애국심을 발휘하게 하였고 광화문에 수백만 인파가 결집하는 위력으로 나타났다. 한국 축구의 신화를 창조한 히딩크에게 감사하는 한편, 지난날 허물어져 가는 '망국의 한' 의 울분을 억제해가며 마음속으로 "대~한 민국!"을 외치며 무언의 행진으로 저항하던 한인들의 모습이 애처롭고 대조적으로 느껴진다. 지금 히딩크에게 박수를 보내듯이 식민지 시절, 영국인이면서도 우리나라의 독립을 위해 헌신하며 우리 민족에게 애국심을 고취시킨 정의의 언론인 베델에게도 갈채를 보내며 고이 그의 명복을 빌어 본다.

7

신탁통치 논란이 시대착오라니

조선일보 3월 9일 6면 오피니언 "의견"란에 J.P가 '신탁통치의 논란이 시대착오'라고 했는데 이에 대하여 한마디 하고 싶다. 그의 말대로라면 신탁 통치는 식민지 경험이 많은 우방국 미국 대통령 루스벨트가 주장하였으므로 세월이 흐른 지금에 와서 찬탁한 사람들을 탓할 필요가 없다는 뜻이 된다. 현재 73세인 그는 나와 비슷한 연배이고 찬탁과 반탁을 직접 겪었으니까 한마디 충고하고 싶다.

J.P가 제시한 의견은 개인적으로 혹은 정치적으로 구미에 마땅치 않으나 필자 자신의 생각이요, 감정이니 구태여 그것을 가지고 시비하고 싶지는 않다. 다만 반탁이냐 찬탁이냐 하는 것은 당시 민족진영이냐 좌익진영이냐의 판가름이었다는 사실 즉 식민지에서 벗어나 해방이 되고 독립을 갈망하던 우리 민족에게 강대국 임의로 결정하여 제시한 신탁통치가 얼마나 큰 실망을 주고 격분하게 하였는지 지금까지도 기억이 생생하다. 결사반대를 외치고 나선 우리 민족진영에게 정치 지령에 의한 좌익분자 다시 말해서 공산주의를 갈망하던 자들이 찬탁을 들고 나와 대결하여 민족사상의 분열은 물론 국토 분단의 한 원인을 제공한 엄연한 사실을, 작금에 와서 찬탁의 논란이 시대착오니 어쩌니 한다면 과거 공산당 한 사람이 민족 지도자가 된들 어떠냐는 말이 된다.

반공을 국시로 삼고 있는 대한민국의 지도자가 공산당 운동을 한 사람과 상관이 없다면 그것은 어불성설이다. 개인감정으로 인물을 평가하기 위하여 지난날의 엄연한 사실을 매카시스트에 기만술이니 어쩌니 하면서 일반 국민들이 잘 알지도 못하는 단어를 인용하여 외친다면 그 당시를 목격하지 못한 세대들을 위하여 심히 염려되니 개인적인 생각을 함부로 외치지 말았으면 한다.

8

트레보비어街 4 번지에 맺혀 있는 한(恨)

Trebovir Road, Earl's Court

　나라의 운명이 풍전등화와 같던 구한말(舊韓末), 당시 세계 정치의 중심 무대였던 런던 도심에 자리한 트레보비어(Trebovir Road) 4번지에는 쓰러져 가는 국권을 되살리기 위해 몸부림치던 한 영혼이 잠들었다. 지금은 사람들을 위한 숙소로 개조되어 지난날의 비극과 풍파의 흔적이 사라진 채 쓸쓸하고 한적한 거리로 남아 있다. 세계 열강들이 식민지 쟁탈 욕심에 침을 흘리던 18세기, 정의가 사라진 국제 정치계는 열강들이 약소국에 대한 동정도 없이 그럴듯한 명분을 앞세운 채 자국의 이익을 챙기기기에 급급했다. 일찍이 선진 문물을 받아들여 강대국 대열에 낀 일본은 대륙 침략에 대한 야망의 발판으로 한반도를 식민지로 만들고 국력 신장에 여념이 없었으나, 우리 조상들은 인류 역사가 관철한 만고불변(萬古不變)의 진리와 시대의 요청을 망각하고 사리사욕(私利私慾)과 당리당략(黨利黨略)에만 눈이 어두워 후손들에게 고통과 비극을 안겨 주고 말았다. 한반도가 약육강식의 도마 위에 올려 진 무렵, 영국의 해리 파크 (Herry Park)가 1883년 비준서를 가지고 한국에 들어와 한영 수교를 맺은 후 19년 만인 1902년 민영돈 공사가 직원 5명을 거느리고 런던 얼스(Earl's) 구에 자리한 트레보비어가 (Trebovir Road, Earl's Court) 4번지의 초라한 공관에서 외교 업무를 시작했다. 그러나 그때는 이미 한국 국제 외교권은 일본의 감시와 통제를 받는 처지가 되어 가고 있었다. 결국 민영돈 공사는 1904년 당시 젊은 외교관이었던 이한응 참사에게 모든 것을 일임하고 고국으로 철수했고, 한국 정부는 이한응 참사를 대리공사로 승진, 임명해 국제 외교를 담당하게 했다. 이(李) 공사(公使)는 이후 대한제국의 위상을 높이기 위해 노력했으나, 기울어 가는 대세를 일개 청년 외교관의 힘으로 돌이키기는 어려웠다. 외교권을 일본에게 박탈당한 상황에서 이 공사는 각국의 한국 외교관들에게 일본의 부당한 처사를 협력하여 항쟁할 것을 제의하였으나, 동참하는 이가 없었고 이미 영국은 일본과 공수 동맹을 체결하여 한국의 외교관을 인정하지 않는 등 냉대가 극심했다. 이 공사는 두 차례에 걸쳐 일본 침략의 부당한 처사를 저지해 줄 것을 서신으로 항의하였으나 결국 그의 마지막 선택은 죽음으로 항쟁하는 것뿐이었다.

"자유가 아니면 죽음을 달라 (Give me liberty or give me death)." 누구나 익히 아는 미국의 독립선언서의 한 구절이다. 그들은 독립이 아니면 죽음을 택한다는 결의로 오늘날 위대한 나라를 만들어 놓았다. 이 공사의 당시 심정도 이와 같았으리라. 1905년 5월 12일, 이한응 공사는 먼 타국에서 방년 32세의 나이로 순절하였다. 이 공사의 죽음으로 세계만방에 대한 침략자(大韓侵略者)에 대한 항쟁이 실현되었고, 그의 순절은 국제적으로 큰 반향을 불러일으켰다. 그의 죽음도 헛되이 을사늑약은 체결되었고 망국의 한을 참지 못한 민영환, 조병세 열사 등이 이 공사의 정신을 이어 받아 7개월 후 죽음으로 항쟁했으며 2년 후에는 이준 열사의 순직, 4년 후 안중근 의사의 의거들이 계속되며 애국정신의 '의' 와 '얼' 은 민족 국가의 생명이 이어지는 기폭제가 되었다. 세월이 흘러 이념도 달라지고 사람들의 사고방식 또한 각자 인생의 행로에 따라 달라졌다. 그 옛날 애국선열들은 국가가 존재해야 민족이 살수 있다는 애국신념을 가지고 희생정신을 아끼지 않았으나 지금은 내가 있어야 국가도 있다는 생각으로 변해 가고 있다. 과거 국가를 위해 몸을 바친 선열들의 희생정신은 곧 조국의 광복과 독립을 되찾을 수 있는 밑거름이 되었다. 영국에 영주하는 교민 후세들은 당시 국제 외교의 투쟁 터에서 갖은 수모를 당했던 선열의 애국심과 고통을 마음에 간직해야 할 것이다.

해마다 5월이면 애국혼이 서려 있는 트레보비어가 4번지에 조국을 위하여 몸을 바친 이한응 열사의 얼을 위로하는 마음으로 그의 흉상을 마련하고 꽃다발을 바치려는 마음의 자세가 아쉽다.

嗚呼 國無主權 人失平等 凡關交涉 恥辱罔極 苟有血性 豈可堪忍乎
嗚呼 宗社其將墟矣 民族其將奴矣 苟且偸活 其辱滋甚
豈若溘然之爲愈乎 計決於此 更無他言

오호라! 나라의 주권이 없어지고 사람의 평등을 잃으니 무릇 교섭에 치욕이 망극할 따름이라. 진실로 핏기를 가진 사람이라면 어찌 견디어 참으리요. 슬프다! 종사가 장차 무너질 것이요. 온 겨레가 모두 남의 종이 되리로다. 구차히 산다 한들 욕심만이 더할 따름이다. 이 어찌 죽어 잊음보다 나으리오. 뜻을 깨뜨리는 이 자리에 다시 이를 없노라.

9

한인 업소 무단 침입 절도사건

좋은 의견을 제시해 주신 글을 읽어 보고 청소년 선도에 지대하신 관심을 갖고 계신 두 분께 교민의 한 사람으로서 진심으로 존경과 감사의 마음을 갖게 되었습니다. 두 분의 의견이 담긴 문장을 읽어 보니 상당한 지성인으로 생각되어 마치 헬리콥터 밑에서 부채질하는 심정으로 조심스럽게 제 의견을 말씀드릴까 합니다. 무엇보다도 남의 나라에서 생활하는 사람은 조국의 국위선양을 위해 힘쓰는 외교관이라는 제 생각을 전제로 말씀을 드리고 싶습니다. 이번 사건은 한국 유학생들이 한국 사람들의 여러 업소를 교묘한 방법으로 침범하여 상습적으로 절도 행위를 하다 발각된 사건입니다. 죄를 범하면 그 죗값만큼 벌을 받는 것이 당연한 일인데 법대로 처리하지 않고 한국 사람들끼리 처벌 여부를 놓고 논란이 되고 있습니다. 가령 한국 업소에 영국 불량소년이나 제 3국의 흑인이 기물을 파괴하고 상습적으로 절도질을 했거나 영국 업소에 한국 학생이 같은 방법으로 절도질을 했다면 피차 인정사정없이 당국에 고발하고 처벌하여 변상을 받고 아무런 문제도 되지 않았을 것입니다. 그러나 한국 업소가 절도죄를 범한 사람이 한국 학생이기 때문에 그렇게 하지 못하고 한국 사람의 수치라 생각하여 범인은닉죄를 범해가면서 한국 사람끼리 상의하는데 그쳤습니다. 이것은 그들이 한국 학생들의 장래를 걱정하고 또한 영국의 사직 당국에 우리 민족의 나쁜 점을 보여주기 싫어하는 교포들의 자존심 때문이었을 것입니다.

이러한 처사를 보더라도 이 사건이 두 분께서 지적하신 한인 사회의 청소년에 대한

무관심과 냉대로 인해 일어난 범죄는 아니며 교포들이 포용과 관용, 아량을 충분이 베풀지 아니 하였다 할 수 없습니다. 분명히 말씀드리건대 학생들이 열심히 공부하다 학자금이 모자라서 혹은 숙박비가 밀려서 도저히 해결할 수 없어 범죄를 저질렀다면 원로 교민의 한 사람으로 그들 앞에 석고대죄(席藁待罪) 하는 심정으로 한인사회의 냉대를 사죄하겠습니다. 그러나 아무리 같은 민족이라도 범죄는 용서할 수 없으며 준엄한 법의 심판을 받아야 합니다. 그래야 재발을 방지하고 앞으로 점점 더 커져 범죄 집단이 구성될 수 있는 근원을 없앨 수 있습니다. 그러므로 이 사건을 영국 사직 당국에 신고해야 할 것입니다. 그러나 법에도 눈물이 있고 목을 잘라 버릴 것을 상투를 자르는 법도 있습니다. 동기야 어떻든 한국 학생이 집단 절도범으로 그것도 국제도시인 London 한 복판에서 법의 심판을 받는 모습을 지켜보는 것 또한 민족의 자존심을 상하게 하는 일이 아니겠습니까? 한 가지만 더 말씀 드리겠습니다. 조국의 현실과 교육 방침이 마음에 안 들어 조국을 버리고 이민 간다거나 Oxbridge(*옥스포드-Oxford 대학과 캠브리지-Cambridge 대학의 합성어)에 못 들어가서 기를 펴지 못한다고 하는 그런 허영이 가득한 오만한 사고방식은 남의 나라인 이곳 영국 한인사회에서는 삼가주었으면 하는 마음 간절합니다. 조국의 4천만 인구 중에 그런 행복한 고민을 하는 사람이 과연 얼마나 되는가 생각하여 보았는지요? 한국 사람들 중에는 아직도 비행기 한 번 못 타본 사람이 많습니다. 영국 교민 사회에서 Oxbridge에 자식 입학시켰다고 목에 힘주는 사람 없고 그 학교에 못 들어갔다고 기죽는 사람 역시 없습니다. 교육은 어디까지나 자기의 적성과 취미에 맞는 과목을 택하여 진학하는 것이 앞날을 위하여 보람된 것이기 때문입니다.

결론적으로 이번 사건에 관련된 학생들에게 말하겠습니다. 매일 아침 새벽같이 일어나 식당에서 그릇을 닦고 청소를 해가며 학자금을 조달하여 진리 탐구에 매진하는 학생, 또 조국에서 보내주는 피땀 어린 학자금을 받아가며 금의환향(錦依還鄕)을 바라는 부모님의 소망에 보답하기 위해 열심히 공부하는 성실한 유학생에게 절대 누가 되지 않도록, 영국 땅이든 어디든 절대로 절도질을 해서는 안 된다는 것을 명심하고 하루속히 피해자에게 용서를 구하고 변상해주기 바랍니다. 이 문제가 더 시끄러워지기 전에 절도범이라는 낙인이 찍혀 한인사회에서 냉대 받지 말고 어차피 공부에 취미가 없을 바에야 딴사람 물들기 전에 조용히 귀국하여 따뜻한 부모의 슬하에서 아팠던 마음의 상처를 치료하며 재출발하기를 간곡히 부탁합니다. 혹시 영국 교포 2세가 그 속에 포함되어 있다면 그 부모들이 무엇을 하고 있었기에 자식이 그런 길로 빠졌는가를 묻고 싶습니다. 준법정신이 투철한 이 나라의 법망을 어떻게 벗어날지 참으로 안타깝기만 합니다. 또한 교민사회의 차가운 눈초리를 어떻게 감당할 수 있을지...... . 끝으로 이번 사건을 용감하게 보도하여 진실을 알려서 한인 사회의 도난 방지와 사회 기강에 기여한 Korean Weekly에 감사와 칭찬의 박수갈채를 보냅니다.

10

창씨개명 망언을 규탄한다!

　지난달 31일 일본 집권당의 실력자 아소다로우 의원이 일제시대 창씨개명은 그 당시 조선인들이 원하여 이뤄진 것이라고 역설했다. 더구나 한국 국가원수가 초청을 받아 친선 방일을 앞둔 시점에 이와 같은 망발을 한 것과 전수방위(*공격 없이 방위만 한다는 뜻. 일본의 아베 수상 이전의 방위정책으로 남을 먼저 치지 않되 남이 나를 치면 쳐 죽인다는 정책) 체제를 변경, 군사 진출의 물꼬를 틀 수 있는 유사 법제 개정에 관한 법안을 의회에서 통과시키는 등, 현 일본 정책과 일부 정치지도자들의 망언과 오만방자한 태도에 분노하며 규탄하는 바이다. 한반도 침략 후 36년 동안 일본의 한반도 식민지 정책은 그들의 국력 신장과 영토 확장이었다. 이를 위해 동양을 대동아공영권(大東亞公榮圈)으로 건설한다는 명분으로 전 아시아에서 침략행위를 펼쳤으나 한반도를 그들의 영토로 만들려는 야욕으로 온갖 수단을 가리지 않았다. 1940년 창씨개명은 우리 민족을 말살하려는 정치 수단의 일부였다. 그들은 내선일체(內鮮一體 *일본과 조선은 한 몸이라는 뜻으로, 일제 강점기 때 일본이 조선인의 정신을 말살하고 조선을 착취하기 위하여 만들어 낸 구호) 라며 신사참배와 아침마다 궁성요배(宮城遙拜 *천왕이 있는 쪽을 향하여 절하는 의식)를 강요했다. 또한 국어 상용으로 우리말을 말살하려 했고 국민개병(國民皆兵 *국민 전원으로 국방을 담당하는 국가의 자세) 명분으로 한반도 젊은이들을 전쟁터로 강제 징병 또는 징용했으며 처녀들을 군 위안대인 정신대로 보내는 일을 수단과 방법을 가리지 않고 강행하였던 것이다. 이러한 극심한 고통을 받은 세대들이 아직도 더러는 생존해서 산 증인으로 현존하고 있는데도 지난날의 과오를 뉘우침은 고사하고 정당화하려는 침략적 근성은 더욱 우리를 분노케 한다. 창씨개명과 관련해 아직까지도 기억에 남아있는 일이 있다. 필자가 초등학교 시절 창씨개명이 시작된 지 한 달가량 지났을 때였다. 시험 답안지를 급히 쓰다 보니 옛 이름을 무의식중으로 썼다가 교무실에 불려가 일본 담임 선생에게 혹독하게 매를 맞은 적이 있다. 당시에는 영문도 모르고 맞았으나 성장 후 그 혹독한 벌이 무슨 뜻이었는지 알 수 있었다.

시간이 많이 흐르고 세계의 조류가 변한다 하더라도 동아시아의 공존과 공생은 올바른 역사 인식을 통해 이루어져야 할 것인데 근간의 일본 정치 지도자들의 망동은 지난날 그들의 잘못을 까마득히 잊은 듯싶다. 더구나 고이즈미 총리가 2차 대전의 전범 위령이 안치되어 있는 야스쿠니 신사에 거리낌 없이 공식 참배를 하는가 하면 왜곡된 역사 교과서를 발행하고 정신대를 강제 동원하지 않았다고 주장하고 한일합방이 양국 지도자의 합의에 의해 이루어졌다는 망언도 서슴지 않고 있다. 더욱이 근간에 와서는 정신대의 피해 보상을 기각했고 책임을 인정했던 우끼시마호의 침몰 책임 소송도 기각(우끼시마호 사건 *1945년 8월 24일 징용, 징병자들을 태우고 귀국하던 중 원인 모르는 폭발로 일본 부근에서 침몰된 사건)하는 등 하나하나 한국 사람의 심기를 건드리는 일만 저지르고 있다. 1945년 연합군의 정의에 굴복해 전범 원흉이 눈물을 흘리면서 잘못을 시인, 용서를 빈 지 반세기가 지난 지금 전후를 복구하고 나라를 부흥시켜 경제 대국이 되고 보니 또 다시 옛 침략적 근성이 되살아나는 모양이다. 당시 연합국의 승리는 일본의 불의를 무찌르고 약소국가에 해방을 안겨 주었다. 그러나 일본이 국가의 존재를 없애버린 한국은 미·소 양국이 그들의 전리품으로 국토를 양단, 이념을 달리하는 두 국가를 만들어 한반도 분단의 비극과 민족상잔의 동족 살상 전쟁까지 하게 했다. 반세기가 흐른 지금까지도 서로 주적으로 대치, 통일은 아직도 기미가 보이지 않고 있다. 사실상 민족 비극의 근본 원인은 일본의 침략에서부터였다. 망가뜨려지고 없어진 나라이기에 이와 같이 된 것이다. 해방 후 당시 촌로들이 '미국 놈 믿지 말고 소련 놈에게 속지 마라, 일본 놈 다시 일어난다, 조선사람 조심하라' 고 경고했는데 어쩐지 맞아 떨어지는 것 같기도 하다. 세계는 지금 북한 핵 제조의 저지에 관심을 집중시키고 있다. 유사 법제를 만들고 있는 일본은 북한이 핵을 만드는 데 대해서 가장 많은 관심을 가지고 있는 나라다. 여차하면 그들이 핵을 만들 수 있는 구실을 만들어 핵보유국으로 다시 한 번 침략을 시도하지 않는다고 누가 보장하랴. 풍부한 자원과 기술자들을 총 비상 동원하면 아마도 기존 핵보유국 보다 월등한 핵보유국이 될 수 있을 지도 모른다. 일본의 속셈과 근성을 모르는 현 세대들은 지나친 기우가 아닌가 생각할지 모르나, 왜정 시대를 실제 체험한 세대들은 일본 침략을 우려하지 않을 수 없다. 남의 나라에 정착해 사는 교민들일지라도 조국의 미래에 보다 더 관심을 기울이기 바라며 실제 체험하지 못한 세대들이 일본의 정치적 속셈을 잘 살펴보고 그들의 본의를 평가하는데 참고가 되었으면 하는 마음 간절하다.

(2003년 6월 26일 코리안 위클리)

11

한(恨) 많은 영어

학생이 언어 연수 차 외국에 나가는 것을 서민들로서는 감히 생각조차 못했던 시절의 이야기다. 미국에서 6개월 언어 연수를 마치고 귀국하는 여학생 자매가 공항 출입국 직원이 어디서 오느냐는 물음에 서양사람 특유의 어깨를 으쓱하며 알아듣지 못하겠다는 표정을 지었다. 직원이 다시 "Where are you from?" 하고 영어로 물으니 비로소 "We are from United States." 라고 대답하였다 한다. 철부지 여학생의 무분별한 해프닝으로 그대로 넘어갈 수도 있었으나 이들 자매의 아버지가 당시 국민 교육을 담당한 문교부의 고위층이었던지라 이들의 행동이 언론에 보도되어 비난이 들끓게 되었다. '수신제가치국평천하(修身齊家治國平天下)' 라는 선인 교훈에 따라 당시 정치 지도자는 이를 용서치 않고 급기야 그 아버지에게 책임을 물었다. 지금 우리는 영어권의 본고장인 영국에 살고 있다. 개인의 영어 실력이야 어떻든 간에 우리 일상생활은 우선 영어와 떨어져서는 살 수 없다. 오랫동안 이곳 직장에서 근무하다 귀국하는 주재원 자녀 또는 조국을 방문하게 되는 교포의 경우 혹시 어리석게 "We are from United Kingdom." 이라고 답하는 일이야 없겠지만…… .

내가 이곳 영국에 정착한 지도 25년이 지났다. 처음 아이들 넷을 이 나라에 데리고 왔을 때 우선 영어에 대하여 무척 마음속으로 걱정을 하며 신경을 썼다. 그러나 다행히도 교육 제도의 절차가 잘 되어 있어 외국에서 들어오는 아이들은 우선 학교 부속 Language Centre 에서 언어 수업을 먼저 받게 한 후 정상 교육에 들어가게 했기 때문에 별다른 애로가 없었고 그래서 공부를 열심히 하는 아이들만 지켜보고 있었다.

　세월이 흘러 큰아이가 대학에 들어가던 그 해의 구정 명절날 아침이었다. 설날 아침 식사가 준비되기 전 한국 신문 사회면을 펼쳐 보니 조국은 온통 대학 입시 문제로 시끄러웠다. 불합리한 입시 제도에 대한 비난과 그로 인한 별별 희비극이 보도 되었는데, 특히 일류 대학에 부자격 학생이 배짱으로 지원할 수 있는 모순된 제도를 꼬집는 가십성 기사가 많았다. 아예 우스갯소리까지 등장하여, 면접시험에서 "관악산에서 노루가 뛰어 논다"를 영어로 말해 보라 한 즉 "관악 마운틴 노루 점핑"이라 하였다나. 문득 아이들이 어떻게 대답하는가를 알고 싶어 같은 질문을 하였더니 대수롭지 않게 대답하였다. 그러나 그 다음 '음력 정월 초하루는 설날이요 구한국 시절에는 국경일이었다.'를 영어로 말하여 보라는 질문에 아이들은 어리둥절하게 서로 쳐다보는 것이 아닌가? 급기야 아이가 "아버지! 음력, 정월 초하루, 구정, 설날, 구한국, 국경일 이게 무슨 말이죠?"라고 반문하였다. 즉흥적으로 물어본 내 질문이 무모했지만 이것이 엄연히 한국말임은 틀림이 없다. 그런데도 문제의 한국말 단어를 하나도 모르고 있다니. 나는 당황하였다. "이것이 보통 문제가 아니구나하고.

　평상시 영국 친구들과 유창하게 대화를 나누고 영문 소설을 읽고 있는 모습을 보며 옛날 내가 사전에서 단어를 찾아 해석하기에 애쓰던 때와 비교해 대견하게만 생각하였더니 성장함에 따라 늘어야 할 한국말 실력은 늘기는커녕 너무도 많이 잊어버린 듯하였다. 한국 사람이 한국말을 못하는 그 영어, 그 무슨 소용이 있는가? 한국 사람이 우선 한국말을 잘하고 영어를 잘해야 정말 영어를 잘하는 것이 아닌가? 처음 이 나라에 와서 아이들 영어 때문에 조바심하던 것이 이제는 반대로 한국말을 잊지 않게 하고, 성장 과정에 있는 아이들에게 한국말을 가르쳐야 한다는 더 큰 문제에 부닥치고 말았다. 그래도 아직 우리는 한국말 전용의 가정이다. 그 이유는 우리 부부가 워낙 보수적인데다 유창한 영어 실력이 없는데 그 원인이 있다. 게다가 우리 아이들은 교회에서 받은 성경 공부 덕으로 한국말을 제법 하는 편에 속했다. 그럼에도 이곳에서 유치원부터 공부한 막내 아이가 '아버지가 늙어서 기운이 없다' 는 얘기를 '아버지가 오래돼서 기운이 없다.' 라는 웃지 못 할 말로 하기도 하였다. 그 아이가 대학을 졸업하고 이곳 한국 금융기관에서 직장을 얻은 첫날 집에 와서 대리, 과장, 차장, 부장은 무엇이며 무슨 일을 하는 직책인지 설명해 달라고 하여 어떻게 설명하여야 좋을지 답답하기만 했다. 요즘 많은 학생들이 영어를 배우러 연수 차 영국에 오며 또한 세계화 추진 정책에 맞춰 영어를 초등학교에부터 배운다는 소식 그리고 장기간 이곳 직장에서 영어에 시달리다 귀국하는 주재 상사 직원들의 영어 고생담을 듣다 보면 마음이 착잡해진다. 그 고생하며 배운 '한(恨) 많은 영어' 뒤로 내 아이들은 실제 자신들의 모국어를 잊어 가고 있기 때문이다.

12

되돌아온 여권

삼십여 년 전, 이곳 영국에 정착하여 이민 수속의 절차를 밟기 위하여 가족을 이끌고 Holborn 경찰서에 다녀오다가 그 근처의 가장 번화한 거리에서 아내의 손가방을 날치기 당했다. 다행이 지갑 속에는 돈이 들어 있지 않아서 금전적 손실은 없었으나 가장 중요한 여권의 분실은 우리를 정말 난처하게 만들었다. 곧바로 대사관 영사과에 신고하였으나 당시는 정식 여권을 재발급 받으려면 적어도 2, 3개월 정도는 기다려야 된다고 했다. 문명의 선진국으로 인식하고 있던 영국에서 이런 날치기를 당해 보니 충격이 이만저만이 아니었다. 이 나라에 이와 같이 어두운 구석이 있다는 자체를 비웃고 증오하며 앞으로 더욱 조심해야 되겠다고 마음먹었다. 일주일 정도 지난 어느 날, 대사관 영사과에서 잠시 들렸다 가라는 전화가 왔다. 아마도 분실한 여권 때문이겠지 하고 대수롭지 않게 생각하고 영사과에 들렸는데 놀랍게도 잃어버린 여권을 되돌려 주면서 우편배달 요금은 본인 부담이라고 했다. 어찌된 영문인지 의아해하고 있는 나에게 여직원이 설명하기를 여권이 집배원에 의해 배달되었는데 아마도 누군가 여권의 중요성을 인식하고 우체통에 집어넣은 것을 우체국에서 대한민국 대사관 주소를 확인하여 우편으로 배달한 것 같다는 것이다. 설마 날치기꾼의 그늘진 마음속에 한 조각의 밝은 양심이 있어서 여권을 도로 우체통에 집어넣었던 것일까? 아니면 자기에게 불필요한 물건이니 아무 곳에나 버린 여권을 어느 신사가 습득하여 우체통에 넣은 것일까? 아무튼 도둑맞은 여권은 되돌아왔다.

분실물이, 더구나 날치기 당한 물건이 되돌아 올 수 있는 환경. 그것은 분명히 밝은 사회의 일부분이다. 우체통에 넣은 여권을 본인에게 되돌아 갈 수 있도록 방법을 강구하여 발송해주는 성실한 우체국 직원의 처사 또한 밝은 사회 운동을 하는 역군이리라. 세상에 어두운 곳이 있으면 밝은 곳이 있는 법. 어두운 곳을 밝고 깨끗하게 만들어 주는 그것이 참 밝은 사회의 운동이 아닐까? 오랜 세월이 흐른 지금까지도 당시의 그 놀람과 작게 비춰진 빛의 메아리가 잊히지 않고 있다.

13

입양아 만남의 축제

제 2회 만남의 축제에서 인사말을 하고있는 재영입양아후원회 박화출 회장

해외에 사는 24만의 입양아, 그들은 이 세상에 태어나 신이 배려한 지극한 모성애를 상실, 친부모의 품에서 떠나 본인의 뜻과는 아무 상관없이 먼 남의 나라로 입양되어 양부모와의 새로운 삶에 적응하면서 성장하였다. 아무 것도 모르는 어릴 적, 오로지 생모의 품이 그리워서 몸부림칠 때는 그 무슨 생각이 있었겠느냐마는 자라서 차차 철이 들어 어느 날 진실을 알게 되면 마음 한구석에 늘 기구한 자신의 운명을 한탄하고 꿈에 그리는 엄마의 모습과 태어난 조국의 이모저모가 궁금해지고 동경하는 마음이 생길 것이다. 물론 입양아 중 더러는 너무 어릴 적에 부모의 품을 떠나서 기억이 전혀 없고 양부모의 사랑을 충분히 받고 자라서 생부모의 사랑과 양부모의 사랑이 어

떻게 다르기에 입양아들이 이런 동정과 위안을 받아야 하나하며 오히려 이상하게 생각하는 입양 성장인도 있을 것이다. 물론 입양되어 성장하였다고 하여 모두가 불행한 것은 아니다. 차라리 생부모의 어려운 환경에서 성장하는 것보다는 양부모의 여러 가지 좋은 조건 밑에서 꿋꿋하게 자라 보다 좋은 인생의 행로를 걸어 훌륭히 성공할 수도 있다. 그러나 자식이 부모를 그리워하고 부모가 자식들 못 잊어 하는 것은 천륜이다. 사람은 자식을 낳으면 낳은 사람이 키우는 것이 하늘의 뜻이요 낳은 자식을 버리는 것은 죄악이라. 또한 그 버린 자식을 데려다 키우는 것도 그리 쉬운 일은 아니다. 우리 선인들의 교훈에도 '생아자도 부모요 양아자도 부모(生我者父母, 養我者父母)'라는 말이 있다. 따라서 입양아들에게는 이 두 부모들의 은혜가 있다는 사실을 항상 잊어서는 안 될 것이다.

지난날 우리 조국은 불행한 전쟁을 치렀고 한때 가난에 허덕이는 어려운 시기도 거쳤다. 전쟁으로 생겨난 고아 또한 불우한 지경에 태어나 어쩔 수 없는 형편에 남의 나라로 입양을 할 수밖에 없었다. 그러나 그 수가 늘어남에 따라 당시 외국의 언론으로부터 치욕적인 비난도 많이 받았다. 그래서 나라의 경제 형편이 나아짐에 따라 96년부터는 정부차원에서 입양을 중단하는 방침도 세웠으나 숫자는 아직도 늘어나고 있다. 무엇보다 우리는 자식을 낳아서 남에게 더구나 남의 나라에 입양을 의뢰하는 죄악을 범하여서는 안 될 것이다. 우리에게는 지난날의 불행했던 입양아들의 아픈 마음을 달래주고 상처를 어루만져줘야 할 의무가 있다. 이곳 영국 한인 사회에서는 박화출 해외입양아 후원회장이 영국에 입양되어온 입양아들을 물심양면으로 도와주고 있다. 운영하는 식당에 장소를 마련하고 자선을 베풀고 있다. 또 지난 1월 17일 박 회장이 마련한 '재영 한국입양아 만남의 축제'에는 많은 분들이 인근 나라에서까지 찾아왔고 근 30여명의 입양아들이 한데 어울려 만남의 축제를 성대히 치렀다.

"대한사람 대한으로 길이 보존하세…… ." 애국가 봉창이 끝나는 순간 어느 젊은 학생의 눈에 이슬이 맺혀 있는 그 모습은 차마 보기에도 애처로웠다. 입양되어 성장한 어느 여자 분이 그리워하던 생모와 가족을 상봉하여 감격스러워하는 장면을 화면에 비춰주었는데 그 자리에 모여 사진을 보는 사람들에게 더욱 큰 감명을 주었다. 어린 학생이 한국 고유의 북을 치는 묘기나 한국 특유의 차력(借力 *약이나 신령의 힘을 빌려 몸과 기운을 굳세게 함. 또는 그렇게 얻은 힘이나 그런 사람.)으로 초인간적인 능력을 발휘하는 연출은 모국에 가보지 못한 입양아들에게 조국에 대한 향수(鄕愁)를 느끼게 해주었으리라. 박 후원회장의 격려사 중 "입양아의 복지 증진과 계속적인 편의를 도와주어야 하며 훌륭한 성인으로 성장할 수 있도록 친부모들이 못 다한 책임의 일부나마 속죄하고 입양아들이 조국 발전에 기여할 수 있도록 하여야 한다." 고 한 말은 그들에게 많은 위안과 용기를 주었으리라 생각된다.

우리가 24만의 해외 입양아에 대한 인식을 새롭게 가다듬고 6백만 해외교포가 국력의 일부분이요 한 사람 한 사람이 조국의 외교관이라고 생각한다면 24만의 해외 입양아들이야말로 그 누구보다도 우리의 큰 국력이요, 민간 외교관이라는 사실을 상기하고 그들에게 민족의 동질성을 인식시키는데 노력하여야 한다. 조국의 민적정신과 전통문화를 가르쳐 그들도 우리와 같은 한민족(韓民族)이라는 것을 일깨워줘야 한다.

14

밝은 빛을 비춰준 효도관광

5월 14일 오전 10시. 뉴몰든의 중심지 어느 주차장에는 '재영한인 가이드협회'에서 주관하는 효도관광을 위해 대형 관광버스가 근 50 여명의 노약자 관광객을 태우고 출발을 기다리고 있었다. 큰 관광버스에 비하여 어울리지 않는 작은 체구로 운전석에 앉아있는 한국인 기사, 그는 오늘 이 행사를 주관하는 가이드협회 간부 회원인 동시에 그 버스 회사를 운영하는 사장이다. 필자는 그가 직접 이날 운전을 담당한다는 말을 듣고서 '재영한인 가이드협회'에 대한 인식과 효도관광을 실시하는 취지를 달리 생각하게 되었다. 조용히 굴러가는 버스 안에서 마이크를 잡고 낭랑한 목소리로 인사를 시작, 최선을 다하여 안내하겠다는 가이드협회 회장과 겸손한 태도로 인사하는 협회 고문의 침착한 자세는 지난날 좁은 시야로만 보아온 한인사회에 대한 안목을 달라지게 만들었다.

▎보행 어려운 분을 위해 휠체어까지 준비

전에도 수차례 찾아온 관광 요지(要地)이나 시작부터 이날 관광이 더 한층 뜻이 있고 흥미로워질 것이라는 예감을 갖게 된 것은 아마도 두루 보살펴 주는 대 여섯 명의 가이드협회 회원들의 태도와 그들이 성심껏 마련해 베풀어 주는 진심 어린 태도, 해박한 지식에 감동된 때문인 듯하다. 관광버스로 런던 시내에 도착, 부축을 받으며 차에서 내리는 즉시 미리 편성된 A조 B조로 나뉜 가이드협회 회원들은 앞, 뒤, 옆에서 잘 보살피며 사람들이 들끓는 런던 중심가의 관광 요지를 두루 안내해 주었다. 협회 회장과 고문은 직접 우리들 앞에서 역사적인 고적과 박물관의 유물 등에 얽힌 이야기를, 역사적인 것과 학술적인 면까지 곁들인 풍부한 지식으로 하나씩 자세히 설명해 주는 등, 가이드 협회가 이날의 모든 행사를 얼마나 성의 있게 마련해 베풀고 있는가를 여실히 보여 주었다. 특히 이날 관광객 중에는 80세가 넘는 고령 노인들과 신병으로 보행이 어려운 분들이 동석하였는데 휠체어까지 준비, 그들을 태워 밀고 가면서 미처 듣지 못한 부분을 재차 들려주기도 하고 실외에서 찬바람이 불면 재빨리 자신이 입고 있던 코트를 벗어 입혀 주고는 "감기 조심하세요." 라는 염려의 말을 덧붙여 주기도 하였다. 분에 넘칠 정도로 마련한 중국 식당에서는 대접을 받는 우리에게 테이블마다 돌아보며 기호에 잘 맞는지 여부를 묻고 어느 식품점에서 기증을 받았다는 김치와 소주를 식당의 눈치를 보아 가며 테이블마다 놓아 주고는 더 풍족하게 대접하고 싶어 했다고 말했다. 템스 강 유람선을 탈 때는 찬바람에 신경을 쓰고 각자의 의사에 따라 바람이 닿지 않는 아래층으로 한 사람 한 사람 손을 잡고 안내해 주기도 한 가이드 협회 회원들. 만일 이러한 일들이 어느 관광 회사의 영업 방침이나 의무적으로 지시를 받은 행동이라면 그려러니 했을 것이다. 그러나 이날 그들의 행동은 남의 부모를 내 부모같이 생각하고 성심껏 위해 주는 진심에서 우러나온 자발적 행동이었다. 거기에는 위선도 가식도 찾아볼 수 없었고 또한 이것을 계기로 명예라도 얻고자 하려는 의도는 더욱 보이질 않았다. 다만 어버이날을 기하여 조국에 계신 부모님께 효도를 다 하지 못한 아쉬움을 이곳 노약자에게나마 부모와 같이 생각하고 베푸는 진정한 효도 그 자체였다.

비단 필자만의 느낌이 아니었는지 모두가 고마움을 어떻게 사례할까 하여 그날의 대표 격인 나에게 아우성이었다. 그러나 눈치 빠른 회장과 고문은 필자보다 먼저 마이크를 쥐고 마음에서 베푸는 성의를 그대로 받아 달라고 극구 사양하면서, 나의 행동을 막아버렸다. 고집불통 할머니들이 성금을 모으겠다고 하는 것을 힘겹게 진정시키면서, 이 진실한 마음가짐과 성의를 있는 그대로 받아들이고 물질적인 보상 보다는 마음속으로 깊이 감사하는 것이 그들의 인격과 선의를 존중하는 것이 되리라 판단하였다. 불과 9시간의 짧은 행사이었으나, 마치 오랜 기간을 같이 해 온 것처럼 석별의 정을 나누는데 정말 아쉬웠다. 묵묵히 손수 운전을 담당한 버스 회사 사장에게 진심으로 감사하고 차에서 내리는 순간, 미리 내려서 대기하고 있던 여자 안내원(부회장)이 손을 잡아 주며 "내년에도 꼭 참석하여 주세요." 라고 일일이 인사를 했다. 그의 인사는 간접적으로 오래 살도록 앞날의 건강을 염려해 준다고 생각되었고, 그가 평소에 간직한 경로사상과 그 성심에 고마움이 겹쳐 나도 모르게 눈시울이 붉어졌다. 다음날 아침 전화 벨소리에 수화기를 들으니 경로사상과 효에 늘 많은 관심을 가지고 있는 한국 학교 주낙군 교장 선생이었다. 어디에서 벌써 들었는지 전날의 효도 관광을 칭찬하며 학교 수업 관계로 참석치 못한 아쉬움을 되풀이 하고는 즐거웠던 진상을 문의하기에 영국의 한인 사회에도 밝은 빛은 더러 있다고 한마디 부추겼다.

(2003년 5월 29일 코리안 위클리)

채우병 칼럼

15

뉴몰든의 꿈나무

런던 강남의 경치 좋고 인심 좋은 한 조용한 마을. 남북 향으로 둘러싸인 런던에서 가장 규모가 큰 Richmond Park와 저 유명한 Wimbledon 테니스장을 끼고 있으며, 불과 2시간 30분이면 조국으로 날아갈 수 있는 Heathrow 국제공항과 직결된 고속도로가 연결되어 있는 곳. 시내 중심가로 이어져 있는 기찻길과 자동차 운행에 편리한 A3의 교통 도로가 통과하는 곳. 이곳은 유색 인종들이 많지 않은 아름다운 뉴몰든이다. 한국식으로 동네 이름을 쓴다면 뉴몰든이라고 하고 싶다. 서울시에서 지정해 준 것도 아닌데 조국을 떠나 온 사람들이 하나 둘 모여 들어 이루어진 한국 사람들의 동네다. 그러다 보니 뉴몰든의 Roundabout를 중심으로 곳곳에 눈에 띄기 시작한 한국어 간판의 상점, 복덕방, 여행사, 식당, 선물 가게, 잡화상, 골프 운동 기구점, 미장원, 자동차 정비 등등. 근방의 고급 주택가에는 좋은 집을 골라서 정착한 한인 가족들이 많이 살고 있으니 그 누가 뭐라 해도 이곳에는 바야흐로 Korean Town이 형성되고 있는 중인 것이다. 이제 영국에 거주하는 한국인도 7천을 넘고 있으니 한인촌 하나쯤 만들어 저 London 중심가의 화교들이 이루어 놓은 Soho 보다 차원이 높은 한인 마을, 소위 Korean Town을 이루어 놓아서 Wimbledon 테니스 시합을 보기 이전에 뉴몰든을 구경한다는 관광 안내도 한번쯤 기대해 볼 만하다. 그러기 위해서 우리 마을에서 볼 수 있듯이 뉴몰든 입구라는 표시판을 세워 봄이 어떨까? 이를 시작으로 고루 갖춘 상가와 점포, 여관, 다방, 선물 가게, 병원을 짓고 식당, 식품점, 약국, 의류 가게, 잡화상, 복덕방, 이발소, 미장원, 슈퍼마켓과 고급 백화점을 열어 마치 발전된 한국의 중심가를 그대로 옮겨 놓은 것 같은 한국 마을을 영국에 설립하는 것이 그리 멀기만 한 이야기는 아니리라. Made In Korea 라는 우수하고 훌륭한 상품을 딴 곳에서는 사기 어렵고 오직 뉴몰든으로 가야만 구입할 수 있다는 인식을 영국인에게 심어 주고 밤에는 한국 특유의 고유한 네온사인, 그 찬란한 빛으로 사람들을 황홀하게 만들면 많은 영국 사람들과 외국 관광객들이 모여들어 그야말로 문전성시(門前成市)를 이룰 것이다.

특히나 중심가 라운드 어바우트 안에는 이한응 열사의 동상이 우뚝 서 오늘의 경제 대국, 대한민국을 보라는 듯 위력을 과시하고 있어야 할 것이고 상가를 벗어나 Kingston 쪽으로 향하면 아담하게 한인 학교가 자리 잡고 Merton 방향으로 우뚝 서 있는 한인 교회, 웅장한 성당 그리고 순 한국식 사찰을 그대로 세운 연화사. 그리하여 영국에 있는 외국인들의 지방 자치제로는 가장 아름답게 발전한 지역 사회로 영국 정부로부터 감사장을 받음은 물론 영국 여왕의 시찰과 표창을 받는 일이 그저 남의 일만은 아니리라. 그래서 타국 사람들이 부러워하여야 할 한국인의 집단 마을 뉴몰든이 되어야 한다. 물론 지방자치제 의원 진출이 많을 것은 말할 여지도 없고 뉴몰든이 발전을 거듭하여 이상향을 만들어 타국 사람들에게 모범을 보이고 보수성이 강한 이곳 영국 사람들에게 불편함이 없도록 함은 물론 특히 높은 납세 성적으로 영국 경제에 큰 도움이 될 것이라는 점을 간과해서는 안 될 것이다. 그리고 이곳 한인을 보호하기 위하여 중심가에 자리 잡은 한국 영사관의 옥상에는 언제나 태극기가 휘날리고, 그 안의 회의실에서는 한인들의 발길이 끊이지 않고 이 지역 발전을 위하여 자주 모여 논의하면서 뉴몰든의 꿈나무를 정성스럽게 가꾸어야 할 것이다. "우리의 희망찬 장래와 무궁한 발전을 위하여 뉴몰든의 꿈나무를 잘 보살펴 주소서." 영국에 사는 한 교민으로서 기원해 본다.

16

마음속의 분단

키가 크고 다리가 길며 검은 피부에 껑충껑충 뛰어 선두를 달리던 에티오피아 선수의 약 10m 뒤를 두 명의 동양 여자 선수와 루마니아 선수가 앞서거니 뒤서거니 하며 전력을 다하여 달리는 경기 실황 중계를 우연히 Golf 장 식당에서 보게 되었다. 처음 화면을 쳐다볼 때는 주말이면 가끔 TV에 나오는 육상 경기 중계로만 단순이 생각하고 별 관심 없이 쳐다보던 순간 Korea라는 말이 나오면서부터 날카롭게 신경을 화면에 집중하게 되었다. '제7회 세계육상선수권대회'가 스페인 Seville에서 개최되어 마지막 경기인 하이라이트 여자 마라톤 대회에서 이미 한 시간 이상을 달린 경기이니 마라톤 코스로는 거의 마무리를 짓는 순간이기도 하다. 이왕지사 10m 앞을 뛰는 에티오피아 선수는 그렇다 치고 우리 선수와 일본, 루마니아의 선수와의 각축 경기에 우리 선수가 떨어질까 봐 손에 땀을 쥐고 처음은 마음속으로 조바심을 내다가 급기야는 누가 뭐라 하든 염치를 무릅쓰고 "뛰어라! 뛰어라!" 소리치며 응원하였다. 드디어 우리선수가 선두로 일등을 달리던 에티오피아의 선수와의 거리를 좁힐 때 내 심장은 고동치기 시작하였다. 드디어 우리 선수가, 우리 선수가 에티오피아 선수를 떼어 놓고 앞을 달리기 시작하는구나. 이제는 되었다하고 일등으로 골인할 것을 예상하였다. 세계인의 이목이 집중된 국제마라톤경기를 보면서 흐뭇하게 자존심이 높아지는 것을 느끼며 선두 골인을 마음속으로 빌며 가일층 열을 올리고 있었다.

그런데 국제 경기에서 흔히 볼 수 있는 가슴에 단 태극기가 보이질 않아 의아스러웠던 순간 North Korea라는 말과 잠시 비춰주는 게시판에 북한 국기와 P.R.K 라는 표기를 보면서 손에 땀을 쥐고 혹시 뒤떨어질까봐 열을 올리며 응원하던 열정이 수그러들었다. 흥분하던 나는 긴장을 풀고 이왕이면 태극기를 단 선수였다면 하는 아쉬운 생각을 하며 한국 남녀 선수가 마라톤을 주름잡았다는 것이 흐뭇하면서도 한편으로 무엇인가 껄껄한 기분에 사로잡히는 것이었다. 그러나 북한 선수라도 절대로 선두를 빼앗겨서는 안 된다는 일종의 동질감? 같은 것을 느끼며 일본 선수에 비해 거칠어 보이는 피부가 영양 부족으로 그런 것이 아닌가하는 애처로움이 골인하는 그 순간 눈시울을 뜨겁게 할 따름이었다. 정성옥, 이름도 겨레의 이름이요, 한 조상의 후손이건만 무엇 때문에 이렇게 마음의 분단이 있어야 한단 말인가? 강대국들이 자국의 이익을 위하여 잔인하게 민족을 분열시키며 골육상쟁의 싸움을 교사하였으니 분단의 역사는 오래도록 반세기가 지난 지금도 계속 되고 있는 것이다. 도대체 정치가 무엇이고 이념과 사상이 어떠한 것이기에 우리 민족 사이에 국경 아닌 국경이 있어야 하고 같은 겨레가 남과 북으로 나뉘어 철천지 원수가 되어 남쪽은 한국 북쪽은 조선이라는 호칭으로 후세에 이 비극적 상황을 물려주어야 한단 말인가? 나는 분단 이전에 나의 조국에서 태어났다. 지금은 타국에서 조국의 앞날의 번영과 영광과 통일을 염원하며 살고 있는데도 경기의 승부를 놓고서 까지 정신적인 승부를 구분하는 내 모습을 보면서 분단 이후에 태어난 사람들의 마음가짐이야 오죽하겠는가? 하는 생각에 마음이 괜스레 무거워진다. 남쪽이나 북쪽이 타국을 이기는 것은 우리 겨레가 승리하는 것인데 그 무엇이 달라서 이와 같이 편협한 생각을 한단 말인가? 나 혼자만 그런 생각을 한다면 그 얼마나 부끄럽고 또한 다행한 일이랴.

남북통일

평화통일

꿈에도 소원은 통일

이것은 남북을 막론하고 상시 서로 말로만 외치고 있는 현실이다. 손기정 선생이 1930년 '베를린세계마라톤대회'에서 태극기 대신 일장기를 달고 제패하였을 때 온 삼천만 겨레는 나라를 빼앗긴 설움을 모두 같은 마음으로 외쳤고 원통하게 생각하였다. 황영조가 손기정 선생의 뒤를 이어 세계의 패권을 또 다시 계승하였을 때 북쪽 사람들의 응원 자세는 과연 어떠하였는지? 그 옛날 왜정 시대의 비행기 조종에서 패권을 잡은 안창남 비행사, 일본 전체에서 자전거 경기로 일본 사람들의 자존심을 꺾고 일등을 거머쥔 엄복동 선수, 우리 선열들은 그 얼마나 승리의 쾌감을 느끼었기에 노랫가락까지 만들어

떴다 보아라⋯⋯ 안창남의 비행기⋯⋯ .

내려다 보아라⋯⋯ 좋다 엄복동의 자전거⋯⋯ .

하며 찬양했겠는가? 이것은 다만 일본 사람들을 상대로 민족의 자존심을 외친 일이거늘 하물며 지금 세계를 제패하는 우리 민족의 저력에 어찌 남과 북이 서로 승리의 편협을 가질 것인가? 이러한 마음가짐으로야 우리가 어찌 2002년의 월드컵 단일팀을 구성할 수 있겠는가? 무엇보다도 서로 마음의 분열을 바로잡지 않고서야 분단된 조국의 통일을 이룰 수 없을 것이다. 남북을 막론하고 "마라톤의 제패는 우리 것! 뛰었다. 보아라. 황영조! 손기정 선생의 뒤를 이어 여자는 더 잘 뛴다. 정성옥!" 이와 같이 남북이 서로 외쳤으면 하는 마음 간절하며 이렇게 뭉치고 단결하는 마음을 가져야 비로소 통일을 이루는 한 가닥의 희망을 찾을 수 있지 않을까 생각한다.

* 정성옥은 북한의 마라톤 영웅으로 1998년 25세의 나이로 스페인 세비야에서 열린 '제7차 세계육상선수권대회'에서 우승하였다.

민족상잔의 비극
6·25 전쟁

민족상잔의 비극 6·25 전쟁

17

이 중위와 최 대위

호국의 달 6월이 오면 보람 없이 애통하게 죽어 간 분들이 생각나곤 한다. 오랜 세월이 지나도 결코 잊을 수 없는 사람들……. 이 중위, 내가 형이라 불렀던 나의 학교 선배와 형을 아끼던 상관 최 대위를 떠올리면 지금도 내 마음이 아리고 눈시울이 뜨거워진다.

　　　"화랑 담배 연기 속에 사라진 전우야…… ."

전진과 후퇴를 거듭하던 격전지 중동부 전선. 모습도 당당하고 용감하게 적진을 향해 가는 군인들의 대열 우측 옆에서 지휘관은 "목소리가 작다!" 고 고함을 치며 중대 병사들이 조금도 긴장을 늦추지 못하게 하였고 우리는 힘차게 행군하고 있었다. 전후방 전투 교대로 마주치는 그 시점. 지휘관 옷차림에 어울리지 않게 권총 대신 무거운 M1 소총을 어깨에 메고 인솔하는 중대장의 형형한 눈빛과 마주치는 순간 너무도 반가워 "형!" 하고 소리쳐 불렀다. 관등 성명으로 호칭을 일관하는 군대, 그것도 전쟁터였지만 형이라고 부르는 소리에 그는 잠시 눈을 돌려 나를 보았고 "야! 너!" 하며 반기었다. 그러나 그것도 잠깐, 야속할 정도로 무서운 얼굴로 돌아보며 "용기 부족이다!" 하고 큰 소리를 지르며 행진을 계속했다. 그는 맨 끝에 따라오던 선임하사에게 내 소속을 묻고 적진으로 향했다. 우수한 머리에 만능선수였던 같은 학교 2년 선배 형. 지휘 능력도 출중하여 학교 내에서도 인기가 대단했다. 나를 별다르게 사랑해 주고 아껴 주던 형을 뜻하지 않은 곳에서 근 3년 만에 마주친 것이다. 학교에서 동맹 휴학의 주모자로 경찰의 눈초리를 피하여 잠적한 지 1년 후, 군사우편으로 보내온 편지로 형이 군에 입대하였다는 사실을 알게 되었다. 그런데 형의 대대가 고지 전투에 참가한 지 불과 2, 3일의 격전 끝에 승전고를 울렸다는 소식을 듣게 되었고 그 대대의 중대장 중에서 가장 용맹을 떨친 지휘관이자 전 부대에 소문난 장교가 바로 선배 형이라는 사실을 알게 되었다.

며칠 뒤에 나는 수색 대장의 호출을 받아 무슨 일인가 초긴장되어 본부로 달려갔다. 지휘부 앞에는 지프차가 와 있었고 형이 우리 수색 대장과 마주 앉아 미소를 띠며 이야기하고 있었다. 형은 나를 보자마자 법석 껴안으며 "고생이 많구나!" 하면서 지난번에 만났을 때 전투장으로 가는 도중이라 아는 척을 못해서 섭섭했겠다며 위로해 주고 여러 가지 안부와 소식을 물었다. 시간이 얼마 지났을까? 문득 손목시계를 보던 형은 벌떡 일어나 부디 몸조심하라는 말을 남기고 나를 만나기 위해 잠시 빌려 타고 온 대대장의 지프차에 몸을 싣고서 손을 흔들며 전방으로 사라졌다.

형 부대의 대대장인 최 대위는 방위군 장교로서 한 지방의 청년 운동의 선봉에서 향토방위에 전념하다 6·25 전쟁에 참전하였다. 평소 철저한 반공 투사로 정의감이 강한 그는 곧바로 육군 제일 전투유격대에 자진 입대하여 현지 임관된 군인으로 탁월한 지휘 능력을 인정받아 현역 중위가 임시 대위 계급을 달고 3752 부대 대대장으로 임명된 것이다. 용감한 지휘관으로 인정받아 훈장도 여러 번 받았음은 물론 부하들의 존경과 상관으로부터의 신임이 대단하였으며 자신의 대대를 부대 전체에서 가장 강하고 우수한 모범 전투대대로 이끌어 갔다. 또 부하들을 무척 사랑하여 중대장들과 돈독한 전우애로 끈끈히 뭉쳐 있었는데 그 중에서도 형을 극진히 아끼고 제일 가까운 부하로 여겼다. 부하 중 세 명의 중대장들은 최 대위가 같은 계급이었음에도 임시 대위 계급을 부착하고 지휘하는 대대장인 최 대위의 명령에 복종하였음은 물론 대단히 존경하며 따랐다.

1951년 여름 중동부 전선은 전진과 후퇴를 번갈아 가면서 격전을 거듭, 피비린내 나는 전투를 계속해 갔다. 어느 날, 최 대위는 아쉽게도 초등군사반 교육 입교 차 대대를 떠나게 되었고 사병 출신의 현지 임관으로 장교가 된 소령이 후임 대대장으로 임명되었다. 훌륭한 지휘관으로 참다운 군인 정신 아래 부하를 인격적으로 대하여 존경을 받던 대대장 최 대위는 부하 중대장들의 친절한 배려와 아쉬움 속에 눈물겨운 작별을 하였다. 그 광경을 목격한 신임 대대장은 이것이 비위에 거슬렸고 은근히 질투하기 시작했다. 계급도 최 대위보다 훨씬 위인 소령이요 졸병에서 시작하여 소령까지 진급한 자신이 군대 경력도 최 대위와는 비교가 안 되는데 자신 앞에서 이런 광경을 연출하는 것을 보게 되니 오만한 그는 모든 것이 아니꼽고 역겹기만 했던 것이다.

신임 대대장은 인수를 받은 즉시 중대장들을 억압하고 탄압하기 시작했다. 참모들과 상의도 없이 단독으로 전 대대에 비상(非常)을 걸어 대대 참모들을 당황케 함은 물론 장교의 체면도 아랑곳없이 사병들 앞에서 중대장들에게 기압을 주고 구타도 불사하였다. 중대장들은 처음 부임한 대대장의 기강 확립을 위한 통설 방침으로 단정하고 인내심을 갖고 견디었으나 인내에도 한계가 있는 법, 도저히 참을 수 없는 지경에 이르고 말았다. 용감한 중대장들은 모두 고등 교육을 받은 착실한 지휘관인 장교들이다. 아무리 명령에 죽고 명령에 사는 체계(體系)라도 지휘관인 중대장에게 전초근무(前哨勤務 *적을 경계하기 위하여 주둔 부대의 가장 앞쪽에 배치한 초소에 초병으로 근무하는 일)를 명령하니 그렇게도 화목하던 대대 분위기는 점점 험해지기 시작했고 중대장들의 권위가 서지 않으니 대대 장병들의 사기는 급격히 저하되었다. 용감했던 대대의 전투력은 떨어지고 무식한 전투 명령은 실패만 거듭하니 명령에 복종할 수밖에 없는 중대장들의 실망은 날로 커져만 갈뿐이었다. 결국 부대는 예비대대로 교체되고 말았다. 이에 중대장들은 이래서는 도저히 안 되겠다고 판단하여 대대장에게 종전의 좋은 방침을 되살려 강력한 대대로 만회할 계획을 세우자고 건의하기로 뜻을 모았다. 마침 5중대장의 생일이 가까웠으므로 축하를 겸하여 자리를 같이 하고 협의할 생각으로 대대장을 초대하였다. 제 5중대장의 생일날, 조촐한 생일 파티가 열렸다. 전투지국(戰鬪支局)의 파티라야 소주 몇 병에다 C 레이숀(*비상식량) 비스킷 정도가 있을 뿐, 여러 가지 의견을 모아 모범 전투 대대의 단결을 도모하려는 의도였다. 약속 시간이 되었고 먼저 중대장들이 모였다. 그러나 대대장을 모시러 갔던 7중대장이 심한 구타를 당하고 돌아오니 다른 중대장들이 격분하기 시작했다. 모든 것이 틀렸다고 판단한 중대장들은 허탈한 심정으로 소주잔을 기울였다. 바로 그때 대대장이 아무 이유 없이 단독으로 비상소집 명령을 내리고는 곧바로 중대장들이 모여 있는 술좌석에 나타났다. 대대장은 비상소집에 빨리 응하지 않는다고 세 중대장을 번갈아 가며 무자비하게 구타했고 생일의 주인공인 5중대장을 발길로 냅다 차기 시작했다. 그래도 분이 풀리지 않았던지 총을 빼들고 "너희들 총살이다!" 라고 외치며 권총으로 5중대장의 얼굴을 갈겨 버렸다. 견디다 못한 5중대장이 차고 있던 권총을 빼 드는 순간 옆에 있던 열혈남(熱血男)인 형이 "야, 김중위! 참아! 네 생일은 내가 지켜 주마." 하고 말을 마치기가 무섭게 권총을 빼 들고 방아쇠를 당겨 버렸다. 순식간에 일어난 일이었다. 총을 맞은 대대장은 엉겁결에 옆에 파 놓은 방공호에 뛰어들었고 순간 이성을 잃고 연발로 쏘아 대는 실탄에 직사하고 말았다. 대대장을 사살한 형은 그 자리에 엎드려 큰소리로 울기 시작했다. 상관의 명을 받들어 전투에서 용감히 싸워야 할 대한민국 국군 장교가 직속상관을 총살한 것은 어떠한 상황에서도 결코 용서받을 수 없는 일이었다. "대대장님 잘 가시오. 상사를 살해한 나도 뒤 따르겠소." 절망한 형은 허탈하게 껄껄 웃다가 정신을 차린 듯 단정히 앉아서 고향 쪽을 바라보고 엎드려 절하였다. "어머님! 불효자를 용서하십시오!" 울먹이는 형은 "북진통일 부탁한다! 조국이여 안녕!" 하고 부르짖으며 머리에 권총을 발사하려 하였다. 그러나 험한 상황을 보고받고 현장으로 급히 달려온 연대장이 형의 권총을 잽싸게 빼앗고 "이게 무슨 짓들이냐?"고 질책한 후 "육군 대령인 내가 명예를 걸고 사건을 직접 책임지겠다." 하며 긴급 비상소집을 즉시 해산했다. 연대장은 침착하고 엄숙한 목소리로 "장병들은 동요 없이 각자 위치로 돌아가 임무에 만전을 기하라."고 명령했다. 아무 말이 없던 5중대장과 7중대장인 형은 연대장을 붙들고 흐느껴 울었다. 연대장 이 대령은 육군에서도 명망이 높은 지휘관으로 인격과 학식을 겸비한 존경받는 지휘관(5·16 후퇴 시 보직에도 있었음)이었다. 잠시 후 요란한 사이렌 소리를 내면서 헌병 백차가 달려와 세 중대장을 태우고 사라졌다.

부하 중대장들의 비극적인 소식을 전해들은 최 대위는 땅을 치며 통곡했다. 초등군사반의 교육을 정신없이 마친 최 대위는 사랑하는 부하들의 불행을 아파하며 원대 복귀를 희망하고 부대로 돌아왔다. 그러나 이때는 이미 사형 집행 날짜까지 결정된 뒤였다. 연대장 이(李) 대령(大領)이 백방으로 뛰어다니며 중대장들의 용맹과 전투 공적을 내세워 생명을 구해 보려고 애썼지만 준엄한 군법은 결국 "전시(戰時)에 직속상관(直屬上官)을 살해한 하극상(下剋上)의 죄는 용서할 수 없다." 고 판결하여 총살형을 선고하였다.

며칠 후 최 대위의 호출을 받은 나는 그들이 사형될 때(지휘관인 중위급 이상 참여하에)의 의연한 모습과 그 당시의 전모를 자세히 들을 수 있었다. 사살 직전, 최 대위와 눈이 마주 친 형은 "대대장님!" 하고 존경하는 상관을 불렀고 자신도 "잘 가라!"고 소리치며 그 자리에 쓰러져 통곡했다고 말하며 최 대위는 비통하게 흐르는 눈물을 손수건으로 닦았다. 한참 후 최 대위는 담배를 권하면서 다음 휴가 시 꼭 들렀다 가라며 이 중위 어머님을 성심껏 위로해 드릴 것을 간곡히 부탁했다. 몇 달 후 육군 회보에 다음과 같은 보도가 나왔다.

하기 명 장교는
중대장들이 대대장을 살해한 사건에 책임을 지고
징계위원회에 회부되었음.
육군 대령 이 00

군에서 제대 후 얼마 있다 형의 자당(慈堂)께서 별세했다는 급보를 받고 찾아가 상여 뒤를 따라가던 나는 문득 휴가를 받아 위로 차 방문하였을 때 "제 놈이 별 수 있나? 상관을 죽였으면 저도 죽어야지!" 하시면서 애통하게 엉엉 우시던 모습이 떠올라 나도 모르게 한참 흐느껴 울었다.

18

의용군

사진출처 : 위키미디어

　나는 6·25 전쟁 때 의용군에 갔다 구사일생으로 집으로 돌아왔다. 의용군에 간 것은 본인의 뜻도 아니요 적 치하에서 생명의 위험을 느끼며 급기야 그곳을 지원하여 가는 것이 적당하다고 판단하여 타의에 의하여 끌려간 것이다. 그는 지난날 학도 호국대 대대장으로 정부에서 실시한 학도 훈련의 연수를 다녀왔고 호국단 간부이며 또한 학교에 침투한 좌익 계 학생 동맹원의 색출을 담당한 감찰부의 책임을 지고 있는 소위 반공 투쟁의 선봉에 선 학생이었다. 1945 년 북한의 돌연한 남침은 국민을 크게 당황하게 하였고 위험에 빠트렸다. 내가 피난 가야겠다고 결심했을 때도 이미 인민군은 그 지역을 점령하여 지나갔다. 급한 대로 서해안 산골짝의 인척 집으로 피난 가서 숨어 있는 동안에도 이미 그 고장도 적 치하에 있었다. 학교에 등교하지 않는 학생은 반동분자로 취급하여 제적 처벌을 하고 배움의 기회도 주지 않겠다는 공고문을 입수한 것은 피난 간 지 열흘도 채 안 되어서였다. 마을 사람들을 반동분자로 잡아들인 사람이 적이 되어 승리하였으니 우리들이 설 땅은 어디에도 없었고 참으로 암담할 뿐이었다. 이 사태가 계속되면 아무 때 겪어도 한번쯤은 부닥칠 운명이니 매도 빨리 맞는 것이 낫겠다하는 생각으로 부랴부랴 피난지에서 집으로 돌아와 버젓이 학교에 등교하였다.

"채 동무 왔소?" 엊그제까지도 이 자식 저 자식하고 농담을 하면서 천진하게 지내던 죽마고우가 팔뚝에 붉은 완장을 두르고 하루아침에 돌변하여 나를 대하니 참으로 대답도 난처하려니와 태도도 무척 어색해져서 "야, 미안하다." 하고 분위기를 돌려볼까 하고 억지웃음을 지으며 손을 내미니 옆에서 레닌 모자를 쓴 낯선 사람이 노려보고 있지 않은가? 좀 어색하여 평소에 가깝게 지내던 급우의 옆구리를 쿡 찌르고 강당 뒤로 끌고 가서 "이거 어떻게 되는 거냐?"고 내막을 물은 즉 그 친구의 대답이 "너 잘못 들어 왔어. 너는 반동 1호로 수배자야." 라고 했다. 그곳을 피하기도 이미 기회를 놓치고 만 셈이다. 그는 아무래도 불안하여 견딜 수가 없었지만 어차피 당하는 일이니 부탁해 보는 수밖에 없다고 판단하고 그 중에서도 가장 가까웠던 친구 한재은을 불러 솔직하게 물었다. 내가 살길은 어떤 것이냐고. 대답은 냉랭했다. "지금은 방법이 없어. 여기 나와 있는 정치 공작원의 생각에 따라 네 생사가 결정되니까." 그래도 나를 당장 잡아다 고문과 취조를 하지 않고 주저하는 것은 지난날의 지도 능력과 위력이랄까 하여튼 그런 것 때문에 눈치만 보고 있는 듯싶었다. 한참 생각하다 나는 뚜벅뚜벅 걸어가 모두가 출입을 주저하는 정치 공작원 사무실 문을 두드렸다. 들어오라는 대답을 하기도 전에 불쑥 들어갔다. 제일 우두머리 같아 보이는 레닌 모자를 쓴 사람 앞에 가서 용기를 내어 말을 꺼냈다. "지도원 동무! 수고가 많으십니다. 조국과 민족을 위하여……." 갑자기 나타났지만 그래도 밉지 않게 생기고 체구가 건장한 학생의 태도에 관심을 보이는 그에게 "지도자 동무 저는 반동 학생입니다. 과거에 많은 죄를 지었습니다. 그런데 남반부를 진정 해방시키신 정의의 사도를 맞이하고 보니 과거 미 제국주의자들이 얼마나 우리의 눈을 가리고 식민지 교육을 시켰는지 분노가 치밀어 올라 염치 불구하고 지도자 동무에게 직접 사죄하고 처벌을 받기 위해 찾아왔습니다." 레닌 모자를 쓴 우두머리는 할 말 있으면 더 해보라는 듯이 아무 대꾸 없이 처다만 보고 있었다. 기왕 내친김에 한마디 더 해보겠다는 심사로 "지도원 동무! 만일 저의 뉘우침과 반성을 용서하여 주신다면 후배 학생들을 설득하여 인민 유격대를 만들어 용군 자격으로 해방 전선에 진격하겠습니다." 너무 비굴하고 자존심이 상했지만 지금은 이 길 밖에 없다고 생각했다. 말없이 얼굴만 쳐다보던 레닌 모자의 사나이는 책상 위에 놓인 책자 서류를 넘기더니 "동무 이름이 뭐요?" 하고 물었다. "6학년 채우병입니다." 벌써 이름을 알고 있는 듯 나를 한참 물끄러미 쳐다보더니 "좋소! 이곳 지도 학생들과 같이 있다 내일 아침 전교생이 집합한 앞에서 학생의 자아 비판을 하시오." 라고 말했다.

이튿날 아침 나는 학도호국단 통솔 때와 같이 동분서주하며 학생들의 집합을 서두르고 다녔다. 의아한 눈초리로 그를 쳐다보는 학생의 태도에는 아랑곳 하지 않고 그는 또 다시 종전과 같이 전교생 앞에서 지휘할 때와 다름없이 말을 시작하였다. 과거의 어리석은 잘못을 용서 해준 지도원에 감사하며 공화국을 위하여 몸을 바치겠다고 결심하고 진정한 정의의 인민군은 우리를 미(美)제국주의로부터 해방시키므로 바야흐로 민주주의 공화국을 통일할 수 있는 기회가 왔으니 남으로 진격하는 인민군을 돕기 위하여 유격대를 조직하고 의용군에 참여하자고 제의했다. 이때 어디서인가 뜻하지 않게 "옳소!" 하는 소리와 함께 박수가 터져 나왔다. 물론 지도부에서 지시를 받은 학생의 짓이지만 나에게는 충격이었다. 바로 뒤에 섰던 레닌 모자의 사나이가 앞으로 나오면서 칭찬 비슷한 말을 하면서 "우선 상급반 학생부터 의용군 희망자는 오른편에 서라."는 지시를 하며 완장을 두른 지도 학생에게 눈짓을 했다. 전원 참석시키라는 암시일 것이다. 처음에는 대 여섯 명 정도가 나왔으나 점점 늘어나 상급반 학생 모두가 눈치를 봐 가면서 오른편에 나와 섰고 어린 하급생들은 해산, 집으로 돌아갔다. 의용군을 지원한 학생들은 한 사람씩 지도원 사무실로 들어가 서명 날인하고 별도로 기숙사 방에 수용 본격적인 교육을 받기 시작했다. 빨치산의 노래, 김일성 장군 노래 등. 나는 자아비판과 의용군 지원을 선동한 공로로 무사히 의용군 대열에 끼게 되었다. 마음에도 없는 열변을 토한 뒤끝이 별로 개운치는 않지만 붙들려가서 매 맞고 죽느니 별도리가 없지 않느냐는 자기 신변 보호의 변으로 자위했다. 가장 친한 형익이 물끄러미 내 얼굴을 노려보다가 한숨을 쉬고는 말없이 옆 잠자리에 드러누우며 "비굴한 새끼!" 라고 말했다. 매일 진절머리가 나도록 되풀이하는 노래...... . 가끔 지도원 동무가 혁명에 대해 강의하지만 그보다도 내 관심사는 앞으로 어떻게 될 것인가가 하는 것뿐이었다. 2, 3일이 지났을까? 인민군 군복을 단정히 차려 입은 여성 지도원이 아침 일찍 나타났다.

　새까만 머리에 하얀 살결, 고운 얼굴도 미인이거니와 균형 잡힌 몸매와 단정한 군복에 평양 사투리는 우리 마음을 한눈에 사로잡고 말았다. 앞에 나타난 그녀는 자기 이름을 소개하고 낭랑한 목소리로 김일성 장군의 위대함과 인민군의 용감한 승리 그리고 하루속히 미국 제국주의를 타도하여 조국 통일을 완수하여야 한다고 역설(力說)했다. 정말 남남북녀라던 옛말이 실감이 나도록 이제껏 저와 같이 활발하고 세련되고 당당한 여성을 못 봤던 학생들은 물론 나에게도 신선한 충격을 주었다. 연설을 마치고 그녀는 빨치산의 노래를 선창했는데 목소리마저도 곱고 매력적이었다. 지금껏 남쪽에서는 못 보았던 여자 군인이 장하게 보이면서도 또한 모든 것을 갖춘 용감한 군인처럼 보였다. 그녀는 하루 세 시간의 군사 정치 훈련을 마치면 어디론가 황급히 자취를 감추었다.

19

나의 선임하사 김 상사

그 날의 암호는 '의사 선생'이었다. 이 암호 전달 명령을 받은 나에게 선임하사 김 상사는 "몸조심하라!"는 주의를 덧붙였고 이 말은 빨리 출발하라는 명령이기도 했다. "다녀오겠습니다." 라고 복창을 하고 거수경례의 손을 내리기가 무섭게 되돌아서 적진을 향하는 나는 어쩐지 불길한 생각이 자꾸만 머리에 떠올랐다. "하필이면 왜 오늘 암호가 환자를 치료하는 의사여야 하는가?" 김 상사의 몸조심하라는 명령도 신경이 쓰였다. 당시의 김 상사는 전사한 수색 대장을 대신하여 이 수색대를 책임지고 있는 지휘관이었다. 약 15분 정도 걸었을까 나는 벌써 우리 고지의 능선 지류를 반이나 내려오고 있었다. 여기서부터는 적의 고지 능선에서 전초병에게 발각되기 쉬운 지점이

니 조심해서 산을 내려가야 하고 아래 골짜기부터는 적진 고지의 산줄기를 올라가야 한다. 앞에 보이는 적의 고지 중턱에 아군의 수색대 전초병 일개 분대가 잠복, 전투가 벌어질 때까지 적의 동향을 살피고 있었다. 나의 임무는 이 수색 전초 분대에 암호를 전달하여 그곳에서 그들이 이 암호를 이용하여 뒤로 빠져 나올 수 있게 하는 것이었다. 때는 1951년 6·25 동족상잔의 치열한 전투가 연일 계속되던 한여름. 중동부 전선의 해발 950미터 양 갈래 고지 전투에서도 공격과 후퇴 속에 피비린내 나는 전투가 매일 계속되고 있었다. 달리기 시합에서 항상 선두를 차지했던 나는 그 덕분에 당시 육군에서도 전투로 유명한 3752 부대에 배속 됐고 그 중에서도 가장 용감한 부대인 수색대의 연락병 보직을 받은 학도병 하사(지금의 상병) 시절이었다. 무식할 정도로 상급자들이 구타와 기합을 일삼는 이 조직은 전투 부대의 상징이었으며 명령에 죽고 명령에 사는 것이 바로 군대 생활의 전부였다.

이때는 3~4주 만에 1번 정도 양말을 갈아 신는 형편이었다. 당시 분대장 하사 이상의 지휘관에게 즉결 처분 권한까지 부여되었던 전쟁 시절이니 지금은 상상조차 할 수 없을 정도로 비참한 인간의 삶이라고나 할까? 그때 그 상황의 악몽을 돌이켜보고 싶은 생각은 없지만 그 큰 충격의 상처가 오랫동안 가라앉지 않았고, 군대를 제대한 뒤 10여 년 동안까지 적에게 붙들렸던 그때 상황이 꿈에 나타나면 식은땀이 흐르고 선잠을 깰 때도 가끔 있었다. 당시 민족 간의 전쟁이 얼마나 비참하였나 하는 것을 이 한 토막의 이야기로 소개하며 많은 동포가 이 전쟁에서 희생되고 젊은이들이 불구가 되고 상이용사가 되어 여생을 불행하게 살다가 유명을 달리한 사람이나 여생이 얼마 남지 않은 그들에게 행복이 있기를 빌고 전쟁에서 희생된 영령들에게 이 순간이나마 거듭 명복을 비는 바이다.

골짜기는 사방이 고요하지만 멀리서 아군이 쏘아 대는 포성과 박격포 소리가 끊임없이 들려오거나 때때로 장거리 포성과 소총 소리가 요란할 때마다 귀가 쫑긋 세우고 두리번거리며 적진을 향해 진격해야만 했던 두려움은 이루 말로 표현할 수 없다. 한참 올라가다 아래를 내려다보니 아군 진지가 멀기만 했고 한편으론 어떻게 돌아갈까 걱정이 되기도 하였다. 우뚝 솟은 능선 봉우리 아래 은폐물로 위장하고 잠복 배치된 분대장에게 암호를 전달하는 임무를 무사히 마쳤다. 막상 되돌아가려고 아군 진지를 쳐다보니 올라올 때보다 까마득하게 멀게만 느껴져서 그대로 잠복 분대에 편입했으면 하는 생각이 들었다. 내려가는 도중은 전투 경험으로 보아 적이 잠복할 만한 은폐 장소가 곳곳에 있을 것이 분명했다. 더구나 전투가 벌어지지 않고 서로 대치하고 있을 때는 아군이나 적군도 서로 포로를 잡는 것이 전투 상 큰 전과를 올리는 것이며 포로로부터 병력 배치 사항 또는 병력, 적의 기밀, 암호 등을 알아내면 작전 상 큰 도움이 되기 때문에 포로를 생포하기 위해 수단과 방법을 가리지 않았다. 포로가 되어서는 절대 안 된다는 다짐을 하며 먼저 올라올 때의 길을 따라 골짜기까지 거의 내려왔을 때였다. '씩' 하고 총알이 머리 위를 스쳐 지나갔다. 나는 본능적으로 바짝 엎드렸다. 순간 "아차! 발각되었구나." 하는 생각과 곧 적이 생포하러 내려오는 것 같은 기분에 조마조마하여 견딜 수가 없었다. 조금 안전한 은폐물을 이용하여 사격 자세를 취하고 대항할 수 있는 위치를 확보하려고 일어서니 이번에는 따발총의 사격이 집중되었다. 적에게 발각된 것이 분명했으나 발사 지점을 알 수 없었다. 총소리의 거리를 보아 아직은 여유가 있다는 것을 느낄 수 있었다. 낮에는 적의 활동이 자유롭지 못하다. 왜냐하면 모든 주도권이 아군에게 있었기 때문이다. 나는 그들이 나타나기 전에 이곳을 빨리 벗어나야만 했다. 엎드려 쳐다보니 개울 골짜기로 약 50m만 뛰면 아군의 능선 골짜기였다. 적진에서 사격을 해도 산기슭이 가로막혀 안전한 곳이었다. 50m를 뛰는 동안은 하나님께 생명을 맡길 수밖에 없었다.

적이 쏘아 대는 수많은 사격 실탄을 피해야만 했다. 적병이 잠복하며 내려오는 것 같아 견딜 수가 없었다. 순간 나는 벌떡 일어나 전력을 다해 골짜기 개울을 밟으며 쏜살 같이 뛰었다. 무수한 실탄이 나를 피해 주었다. "오 하나님!" 하고 안도의 숨을 쉬며 골짜기에서 능선으로 들어서려는 순간 누군가 "손들어! 이 새끼." 라고 외치며 옆에서 총검을 단 장총을 화닥닥 들이대는 게 아닌가? 대항할 동작을 취할 겨를조차 없이 순간적으로 철모는 벗겨지고 무장은 자동적으로 어깨에서 떨어졌고 나도 모르게 두 손을 번쩍 들고 말았다. "앞으로 가!" 라고 소리를 지르면서 독촉하는 그도 아군 진지이니 무척 조심스럽게 전후좌우를 살피는 태도였다. 실탄이나 총검이 무자비하게 살을 찢지 않을까 온 신경이 날카로워졌다. 그러면서 생명이 보존된다는 생각은 이미 체념해야 하면서도 이왕 붙잡힌 몸이니 그에게 복종하는 것이 우선은 삶을 위한 길인 것 같았고 적진으로 빨리 가서 생사의 기로를 맡기는 것, 그것뿐인 것 같았다. 자포자기 상태로 변했다. 빠른 걸음으로 가는 것이 빨리 생사를 결정하는 것이었다. 그는 아군 진지에서 내려다보이는 지점에 있어서 전후좌우를 살펴야 했다. 그래서 나보다는 동작이 훨씬 느렸다. 차차 간격이 벌어진다고 생각될 때 갑자기 총소리가 났다. 나는 순간적으로 넘어졌고 뒤돌아보니 그가 아군의 총에 맞아 쓰러지는 것이었다. 나는 아무 생각 없이 아군 진지를 향하여 죽어라 하고 뛰었다. 순식간에 일어난 일이었다. 얼마를 뛰었는지 "거기 서 인마!" 하는 큰 소리가 뒤에서 들렸다. 평소 귀에 익은 목소리였다. 뒤돌아보니 수색대 선임 하사 김 상사가 아닌가? 평소에는 눈에서 무서운 빛이 나는 그였다. 그는 불우한 환경에 태어나 남의 집 머슴살이가 싫어서 나무 지게를 벗어버리고 경비대에 지원 입대하였다고 늘 자기의 과거를 낮추어 소개했다. 군에 돌아온 이후 줄곧 지금까지 소총 소대에서 격전을 많이 겪었으니 그의 전투 경력은 가히 놀랄 지경이었다. 수많은 육박전을 겪은 나머지 눈동자가 변했다고 한다. 연대장이 그의 전공을 칭찬할 때 "국문만 완전히 해득(解得)했어도 소위로 임관하여 소대장 근무를 시켰을 것." 이라고 할 정도였다. 그러나 무식한 반면에 사적으로는 무척 착하기도 한 사람이다. 적에게는 무섭게 돌격하는 그였지만 부하들에게는 좀처럼 손을 대는 일이 없었다.

　학생 출신이 어려운 전초병에 나가게 되면 "귀한 집 자식 죽어서야 되나? 나 같은 놈이 죽어야 하지." 하는 농담으로 대신 전초병으로 가기도 했다. 그의 노련한 전투 경험과 사격 솜씨는 보통 실력이 아니다. 그리고 적탄이 용케도 그를 피한다. 반면 그가 화를 내면 초급 장교도 벌벌 떤다. 그는 오랜 전투 경험으로 연락병이 골짜기에 내려오면 잠복한 적이 나타나리라는 것을 이미 알고 있었다. 그는 적을 생포할 생각으로 적당한 곳에 숨어 있다가 내가 내려오는 모습과 잡혀가는 광경을 목격한 것이다. 막 달리다 멈추는 순간 "선임 하사님!" 하고 양팔을 들고 가까이 가려는 순간 그가 좀처럼 쓰지 않는 무서운 주먹으로 나의 뺨을 후려쳤다. "빨갱이 새끼!" 나는 넘어지면서 어이가 없어 순간적으로 억울하다고 말하려는데 "총살이다! 인마!" 하고 총을 들이대는 게 아닌가. 정말 억울하다는 생각이 들었는데 넘어져 있는 나에게 벼락같이 "일어서!" 하고 다시 고함을 지르는 것이 아닌가? 그러나 이제는 아군 진지이니 마음속으로 안심이 되기도 하고 한편으로는 설마 이럴 수가 하며 뒤따라 갈 수밖에 없었다. 약 10분 정도 걸었을 때 안전한 아군 진지로 들어섰다. 걸음을 멈춘 그는 바위에 털썩 주저 않으며 뒤꽁무니에서 수통을 뺐다. 그리고 "물 마셔 인마!" 라고 했다. 조금 전까지 무서운 눈동자와 격노했던 모습은 간 곳 없고 인자한 얼굴로 우물쭈물하며 사양하는 나에게 "입 벌려!" 하면서 수통을 입에다 박고 억지로 먹였다. 몇 모금 마시고 정신을 차려 내 꼴을 살펴보니 군복의 아래 바지는 골짜기 물로, 상의는 몸에서 나온 땀으로 흠뻑 젖어 있었다. "일어서서 갈 수 있겠나?" 하고 부드럽게 물었다. 그제야 내가 후들후들 떨고 있었다는 것을 알아차렸다. 순간적으로 악몽에서 깨어나고 있는 것이었다. "병신! 왜 대들지도 못하고 잡혀가 인마!" 농담조로 야유를 하지만 아직 어떠한 벌이 내릴지 불안스럽기도 하고 여하간 나도 모르게 눈시울이 뜨거워졌다. 큰 충격을 받고 있는 사람에게 갑자기 안도의 기회를 주면 기절하는 놈을 더러 보았다는 그의 경험에서 나온 말이 섭섭하게 생각했던 나를 위로해 주었고 그때서야 나를 다그치고 긴장하게 한 그를 이해하게 되었다. 후방 의무대에서 일 주일 동안 정신 치료를 받고 원대 복귀하니 김 상사가 보이질 않았다. 그는 이번 전투에서 중상을 입고 후송되었다고 했다. 그 특유의 경상도 사투리와 믿음직스럽던 선임하사 김 상사. 항상 철모 끈을 양볼 위에 내려뜨리고 다니던 잊을 수 없는 그 모습의 김 상사. 그 후 그의 소식은 아직도 알지 못하고 있다. 부디 생존하여 지금쯤은 말년의 인자한 할아버지가되어 행복하게 살아 있기를 바라며 잊히지 않는 옛 전쟁 이야기 한 토막과 옛 전우의 모습을 6 월 호국의 달에 떠올려 본다.

20

죽마고우 한 소위

한 소위와 필자(右)

꿈에도 저주스런 6·25 동족상잔. 말로만 듣고는 잊어버리는 지금 세대들은 그 엄청난 민족의 비극을 과연 어떻게 생각하고 있을까? 우리 조국에 다시는 이와 같은 비극은 없어야 한다는 것을 되새기며 6월을 맞이하여 당시 일화 한 토막을 회상하며 타인 혹은 본인 판단 착오로 귀중한 목숨을 버린 희생자들의 명복을 빌고자 한다.

북으로부터 돌연 남침을 당할 당시 6·25 전쟁의 총지휘 사령탑인 육군본부가 서울에서 불가피하게 대구로 후퇴, 그곳 공평동 일대는 민간인보다 군인이 더 많았고 졸병보다 장교가 더 많이 보행하고 있었다. 혹 졸병이 이 근처를 보행하려면 오른손이

피로할 정도로 경례를 해야 했다. 전쟁터에서 화약 냄새가 밴 전투복 차림의 졸병인 나는 살벌한 헌병 순찰과 전방 군인보다 잘 다듬어 입은 군복 차림의 고급장교들, 요란하게 사이렌 소리를 내며 별 판을 단 헌병 백차 사이에서 마치 거지 시골 소년이 처음 번화한 서울에 와서 당황해 하는 것 같은 기분이었다. 그래서 빨리 이곳을 벗어나야겠다고 마음먹고 돌아서려 할 때 한 장교가 앞에서 걸어와 부딪혔다. 급히 거수경례를 하고 얼굴을 본 순간 "야! 너...... ." 무의식중에 터져 나오는 소리에 답례를 하던 그 장교도 "얼라! 야! 야……." 나보다 더 놀라며 그대로 달려와 나를 껴안았다.

한재은과 나, 이상직 이렇게 셋은 초등학교 때부터 같은 중학교에 진학하여 늘 붙어 다니던 단짝이었다. 이상직은 태권도 2단의 힘깨나 쓰는 이른바 우리 학교 대장으로 타교생과 싸움이 붙으면 앞장서서 처리하는 싸움꾼이었다. 한재은은 개그맨과 같은 소질이 있어 남을 잘 웃기다 보니 응원을 담당하여 전교 응원 단장이 됐고 평범한 나는 개성이 강한 두 친구를 잘 조정하는 명수로 학도호국단의 중책을 담당했다. 사이 좋게 지내는 우리들에게 주위 친구들은 삼총사라는 별명을 붙여 주었다 그러던 어느 날 우리는 기숙사 뒤에 숨어 몰래 담배를 피우다가 훈육 선생에게 발각되어 1주일 정학 처분을 받고 말았다. 나는 곧바로 병으로 휴학 중인 안면도 부잣집 아들 선배의 집을 찾아가 그 부친이 경영하는 해녀를 고용, 전복을 따는 어선에 편승해 실컷 즐기고 놀다 그만 집에서 가출 신고를 하는 바람에 근처 파출소에 붙들려 집으로 돌아왔다. 이와 같은 낭만의 학창시절이 남침의 벼락으로 깨지고 말았으나 그때 일은 나의 일생을 두고 아름다운 추억으로 남아 있다.

당시 우리 셋은 성격도 달랐지만 가정환경은 더욱 대조적이었다. 이상직의 부친은 일찍이 청년운동에 몸을 바쳐 지방 방위군 장교로 반공 노선의 일선에서 활약, 그곳 지방의 편이군 편대장인 반면, 한재은 부친은 좌익계로 지하조직 운동을 하다 피신하는 처지가 된 남로 당원이었으며 나는 평범한 공무원 가정 출신이었다. 가정환경은 달랐지만 우리는 변함없는 우정으로 친하게 지냈다. 그러던 중 대학 입시를 앞두고 각자의 목표를 위하여 열심히 공부하던 때 인민군의 남침이 단행된 것이다. 서울에서 내려오는 피란민들의 아우성과 그 공포를 직접 목격한 나는 서해안 조용한 시골 친척 집으로 피난을 떠났다. 한편 이상직은 아버지를 따라 남쪽으로, 한재은은 보도연맹으로 경찰에 예비 구속된 아버지의 뒷바라지에 동분서주하고 있었다. 그러다가 인민군이 마을에 들어왔다는 소식을 들은 후부터 나는 그곳에 오래 머물러 있지 않고 급히 학교로 등교했다. 당시 나는 학도호국단 간부였고 더구나 군사 학교 훈련을 받은 학훈생(學訓生)으로 학생들에게 군사 학교 교육을 지도했으므로 그들이 말하는 소위 반동 1호의 죄목으로 기숙사 지하실에 끌려가 타교생 빨갱이들로부터 잔인하게 집단 구타를 당하고 인민군 의용군을 지원하겠다는 서약을 하고서야 겨우 구제받았다. 구사일생의 어려운 고비를 넘기고 그곳을 탈출, 한국군의 학도병 졸병 신세가 되었다. 한편 한재은은 그의 아버지가 보도연맹원으로 예비 구속되었다가 경찰 후퇴 시 총살당했고 그 후 유가족의 혜택으로 인민공화국 학생 자치단체를 구성하여 북쪽 정치 공작원의 지시에 따라 무수한 학생들을 반동으로 처벌, 처치하는 총책을 담당하며 인민공화국에 충성을 다했다. 그랬던 그가 당당한 육군 소위로 내 앞에 서 있는 것이었다.

서로 말문이 막힌 우리는 부둥켜안고 잡은 손을 놓지 못한 채 그가 타고 온 차를 타고 어디론가 질주하고 있었다. 차로 이동하는 동안 지난날의 악몽을 떠올리며 우리가 태어나고 자라난 시대를 저주하듯 그와 나는 입을 다물고 있었다. 산속에 자리 잡은 곳은 특수부대 같았는데 차가 멈추었을 때는 장교 숙소라는 명패만 볼 수 있었고 날이 어두워서 사방을 살필 수가 없었다. 방에 들어오자마자 한재은 웃옷을 벗어 재끼고 맑은 정신으로는 차마 지난날의 악몽을 회상하기가 어려웠던지 사물함에서 소주를 꺼내서 벌컥벌컥 들이마셨다. 술을 별로 좋아하지 않는 나는 과자를 집어먹다 말고 문득 "어떻게 살아남았니?" 하고 물었다. 이런 질문을 던진 것은 살아남은 것도 이상하지만 대한민국 장교가 된 것이 더욱 의아스럽기 때문이었다. "짜식!" 지난날 우리들의 일상생활에 익숙한 말투. 오래간만에 들어보는 우정의 표현이자 어차피 알게 될 것을 그리도 급하냐는 뜻이기도 했다. 그는 인민군이 진주하면서 좋은 가정 성분의 혁명가 아들이라는 특혜로 정치 공작원으로부터 학교 자치대의 총책을 맡아 반동 학생들의 심사를 처리하고 많은 학생들을 차출해 의용군으로 보내는 일을 하면서 인민군 군관이 되기 위해 정치 세뇌 교육을 받으며 지방 치안대에서 일하고 있었다. 그러던 중, 연합군의 인천 상륙과 9·28 서울 탄환 등으로 인민군이 우리 고장을 철수할 때 짚신 세 켤레와 죽창을 지급 받고 빨치산 투쟁의 명령과 함께 산으로 올라가라는 지령을 받았다. 이것이 그들이 말하는 혁명 과업이었다. 빨치산 투쟁이라면 차라리 죽으라는 명령으로 밖에 여겨지지 않았다는 그는 명령에 복종하여 피기도 전에 비참하게 죽기는 너무 억울하다는 생각이 들어 산으로 올라가는 도중 몰래 탈출해 집으로 돌아왔다. 이틀 후 멀리서 "대한민국 만세!" 하는 소리가 들려오자 재빨리 뒷문으로 뛰쳐나와 평소 자기 아버지가 은신하던 뒷산의 동굴로 뛰어 달아났다. 다음날 아침 멀리 내려다보이는 집에는 자신을 체포하기 위해 군복 차림의 장정들이 집을 포위하고 캘빈 총으로 공포를 쏘면서 수색하고 있었다. '이 땅굴에서 얼마나 버틸 수 있으며 지난날 아버지의 이념 때문에 갖은 고생을 한 어머니가 다시 자식으로 인하여 고난을 겪으셔야 할 불행한 여생' 을 상상하자 더욱 견딜 수 없게 되었다. 비참한 최후를 맞은 아버지와 똑같은 지경에 이르렀음을 상기하며 지난 3개월 동안 보았던 참상이 아버지가 그렇게도 역설하던 애국 이념으로 조국과 인민을 위한 보람된 애국 정책이었던가 하는 회의가 들어 크게 실망하게 되었다. 그 이념을 위하여 이 산속 토굴에서 죽임을 당한다고 생각하니 더 이상 견딜 수가 없었다. 그는 동굴을 나왔다. 그러나 잡히면 맞아 죽을 텐데 죽을 바에야 차라리 평소에 자식처럼 아껴 준 이상직 아버지에게 자수하여 보호를 받고 경찰에 자진 출두하여 정당한 처벌을 받으리라 각오하고 앞뒤를 살피며 어두운 뒷골목을 가까스로 더듬어 이상직의 집 뒷담 밑에 숨어 있다가 용기를 내어 담을 뛰어넘었다. 부엌에서 설거지를 마치고 뒷문을 닫으려는 순간 "쿵" 하는 소리에 기절할 듯이 놀란 상직이 어머니에게 매달리며 "어머니! 살려주세요!" 하고 애원할 때 덜덜 떠시는 상직이의 모친 모습이 너무나 애처롭기까지 하였다. 비명 소리에 후닥닥 뛰쳐나온 상직은 떨며 몸을 겨누지 못하는 어머니에게 재은이가 살려 달라고 애원하는 광경을 (몇 년 후 다시 이상직으로부터 직접 들은 이야기지만) 눈뜨고 차마 볼 수 없었다고 한다. 소란스런 소리가 사랑방까지 들렸는지 "상직아 무슨 일이냐?" 하는 아버지의 우렁찬 목소리가 들렸고 재은이는 이제는 별 도리가 없겠다고 생각했다. 공산당을 용서하지 않는 아버지. 더구나 지난 3개월 동안 재은이가 저지른 죄를 모두 알고 있는 만큼 상직이는 무척 난처했다. "저...... . 재은이가 담을 넘어왔어요." "뭐? 재은이가?" 잠시 침착하게 무엇을 생각하던 아버지는 "못난 자식!" 하며 문을 쾅 닫았다. 상직은 어떻게 해야 할 지 몹시 두렵기만 하였다. 한참 후 문이 다시 열리며 "그래 어떻게 할 작정이냐?" 대답 없이 처분만 기다리던 아들에게 "이놈아 짐승도 쫓기다 집에 들어오면 잡지 않는 법이거늘 하물며 그렇게도 친하던 너희들 우정이 겨우 그것뿐이냐? 못난 자식들!" 하고 혀를 차며 "잠시 골방에 머물게 해라." 고 하시며 문을 닫았다. 결국 감추어 주란 뜻이었다. 이 말에 놀란 것은 한재은 보다 이상직이었다. 사랑하는 자식의 친구가 살려 달라고 애원하는 불쌍한 모습을 보고 이념보다 더 두터운 정을 내세운 아버지의 인격에 아들은 감동했다. 철저한 반공 투사의 집 골방에 빨갱이 학생 두목이 숨어 있으리라고 어느 누가 생각할 수 있었겠는가? 재은이는 근 3개월 동안이나 상직이 어머니가 차려 주는 밥을 먹고 안전하게 숨어 있었다. 한국군과 유엔군이 압록강까지 진격하자 예상보다 통일이 빨리 앞당겨 지는가 하였는데 예상치 않은 중공군의 공세로 유엔군은 후퇴하였고 전황은 다시 역전, 수도 서울이 또다시 공산군의 손에 들어가 1·4 후퇴라는 비참한 상황이 벌어졌다. 6·25 남침의 공산 치하 3개월에 몸서리쳤던 날들을 떠올리면서 젊은이들은 방위군 편성으로 혹은 개인으로 모두 남쪽으로 내려와 굶어 죽거나 병으로 죽거나 더러는 얼어 죽기까지 하는 비극이 벌어졌다. 이런 상황에서 한몫을 담당했던 것이 방위군이었다. 이상직의 아버지는 지방방위군 대대를 근접하게 편성, 선두 지휘하여 질서정연하게 남쪽으로 향하였다. 우리 고장 방위군 편대장 차에 경호를 담당하여 군복 차림으로 버젓이 앉아 가던 군인 둘은 그의 아들 이상직과 골방에 숨었던 한재은이었다. 추운 겨울 혹한에 차를 타고 남쪽으로 향해 가는 도중, 상직이 아버님이 가끔씩 뒤를 돌아보며 "춥지들 않니?" 하고 물을 때마다 재은이는 지난날 가정을 돌보지 않고 폭동을 선동하며 미 제국 괴뢰정부를 타도해야 한다고 외치던 자신의 아버지를 떠올리며 상직이 아버님의 자상한 모습과 비교할 수밖에 없었다. 재은이는 남쪽으로 내려와 방위군 교육대에서 2개월가량 훈련을 받고 간부후보생 지원서와 신원 보증서를 갖고 편대장인 이상직 아버지께 고개 숙여 추천서를 써 달라고 내밀었는데 "자식!" 하고 웃는 기색으로 날인하여 주시더란다. 그는 심장이 터질 것 같은 마음속의 울음을 참으며 "아버님! 절대로 실망시키지 않겠습니다. 이 은혜를 꼭 갚겠습니다." 하고 화장실로 뛰어가 울었다. 그는 무사히 간부 후보생 교육을 마치고 대한민국 육군 소위로 임관되었다.

이야기를 끝낸 한재은은 눈시울을 적시면서 "나 화장실 좀…." 하고 일어났다. 세수를 하였는지 물기를 수건으로 닦으며 "네가 탔던 그 차의 의용군 지원자들 중에서 돌아온 사람은 한 사람도 없다는데……." 라고 말했다. 그 말은 너는 어떻게 살아남았

느냐는 뜻이며 나의 지난날을 알고 싶다는 표현이었다. "너 아팠었니?" 밑도 끝도 없이 되물었던 그 말은 지난날의 네 잘못을 용서한다는 나의 말이기도 했다. 기숙사 지하실에서 까무러치도록 구타당하고 거듭 힘겨운 고문까지 당하는 꼴을 차마 볼 수 없었던지 한재은은 간접적으로 의용군의 지원을 권유하며 그것을 미끼로 나를 구제해 주었다. 마지막 작별 차 재은이가 의용군 수송차를 뒤따라가는 나를 따라오면서 처참하게 된 나에게 몸조심하라고 손을 내밀었을 때 나는 참았던 분노가 치밀어 올라 있는 힘을 다해 뺨을 후려갈기고 그가 쓰러지는 꼴을 보면서 옆 골목으로 돌아가는 의용군 수송차에 재빨리 올라탔다. 나는 알고 있었다. 그때 재은이가 나를 구하지 않았다면 반동이라는 죄목으로 죽음을 면할 수 없었다는 것을. 청춘의 푸른 꿈이 피어나기도 전에 피비린내 나는 전쟁의 소용돌이에 휘말려 마음에도 없는 의용군으로 끌려가는 나는 흔들리는 차에 힘없이 몸을 실었던 것이다.

진정 하나님의 가호가 없이는 살아남기 힘든 어려운 고비를 수차례 넘기고 결국 화약 냄새 풍기는 전투복 차림의 학도병이 되어 버린 나. 다음날 내 가슴에 달리게 될 전투무공 화랑훈장이 내 인생의 앞날에 과연 무슨 뜻이 있고 무슨 이득이 있겠는가? 또다시 전투장으로 가야 하는 처지에 구태여 지난날의 기구한 사연과 기적 같은 순간들을 얘기해서 무엇 하겠는가? 나는 아무 말도 하지 않았다. 잠시 침묵이 흐르자 "나 다음 달 최전방 전투 부대로 전속 간다." 고 재은이가 말을 이었다. 그 말 속에는 다소나마 지난날의 과오와 잃어버린 우정을 그가 입고 있는 장교 복장으로 그리고 전투장에 나가 고생하는 벌로 회복할 수 있기를 바라는 마음이 담겨 있는 것 같았다.

해가 바뀐 다음에야 나는 치열한 전투에서 벗어나 생명만은 지킬 수 있는 후방 행정 요원으로 차출되어 전출 명령과 동시에 휴가를 얻었다. 감색 대학생 양복 차림의 이상직을 만나는 나의 꼴은 처참하기도 하였지만 각자의 운명이니 어찌 하겠는가? 우울한 표정으로 나를 맞이한 이상직은 한참만에야 "야! 재은이가 전사했단다." "뭐?" 참으로 충격적인 말이었다. 순간 지난번 육군본부 앞에서 마주쳤을 때의 모습이 떠올랐다. 이상직이 몇 달 전에 받았다는 군사우편을 내보였다. "시대는 나를 불효자로 만들고 친구들의 우정마저 저버리는 배신자가 되었다. 반성이라기보다 전투 지휘하는 것이 임무이니 잘 싸울 수밖에…… ." 라는 구절이 적혀 있었다. 오후에 상직이와 내가 한재은 모친을 위문 차 방문했을 때 병석에 누워 계신 모친은 옛날 인자하게 보이던 쌍꺼풀눈은 온데간데없이 헐고 짓눌려 빨갛게 되었고 눈물마저 말랐는지 때때로 눈에 물기가 젖으면 손수건으로 눈물을 닦을 때 아픈 기색이 역력했다. 자리에서 일어나며 가느다란 목소리로 "너희들 왔구나." 하고 남편과 자식을 잃은 비극에 멍하니 말이 없다가 "한번 다녀라도 갈 것이지…… ." 겨우 새어나온 목소리는 아직도 자식을 그리워하는 어머니의 애처로운 탄식이었다. 마주보는 상직이와 나는 눈시울을 붉혀가며 서로 말없이 마주 볼 뿐이었다.

21

하사한테 총살된 진태

6월 호국의 달을 다시 맞이하였다. 6·25 사변은 유구한 역사 속에서 가장 큰 국치민욕(國恥民辱)으로 기록될 동족상쟁의 처참한 전쟁이다. 그런 전쟁이 얼마나 치열하였고 잔인하였는지 많은 세월이 흘렀음에도 아직도 그 상처가 곳곳에서 좀처럼 사라지지 않고 있다. 그것은 외세의 침입도 아니요 따라서 식민지 쟁탈전의 국력 신장의 수단도 아니었다. 다만 강대국들의 틈바구니에서 사상이 달라 분단되었지만 도대체 그 사상이라는 것이 무엇이기에 몽둥이로 총칼로 대포로 비행기 폭격으로 갈기갈기 찢어 놓고 같은 민족끼리 그 귀중한 생명을 함부로 죽이고 재산을 파괴하고 민족문화와 전통적인 윤리도, 사람의 의리도 다 짓밟아 가며 강산을 초토화시켰는가? 그러한 처참한 전쟁을 치르고 나서도 하나님으로부터 우리 민족이 분양 받은 우리 조국 삼천리강산의 참된 모습을 되찾지 못하고 아직도 남북으로 분단되어 반세기를 서로 대치하며 적대시하는 비극이 계속되고 있다. 6·25 전쟁으로 죽어 간 영령들에게 호국의 달 6월을 맞이하여 삼가 명복을 빌고 앞으로 절대 다시는 전쟁이 일어나서는 안 된다는 것을 거듭 외치며 6·25 전쟁이 행여 잊히어진 전쟁으로 굳어지는 것은 아닐까 우려하며 그 당시 어이없이 떨어져 간 친구의 비극을 회상하며 6·25 그 전쟁 상황을 돌이켜본다.

김진태와 나는 같은 고장에서 자랐고 내가 중학교 그는 농업학교에 다닐 때 6·25 전쟁이 터졌다. "피 끓는 호국! 학도 호국대!" 목덜미에서 핏줄이 솟아나도록 큰소리로 학도 호국대 노래를 부르며 조국 수호의 일념과 젊음의 용기를 과시하듯 군용 트럭에 탄 흥분한 학도병들이 당당히 전방으로 달려가고 있었다. 트럭 뒤의 맨 앞 구석에 앉아 생각에 잠겨 있던 진태가 잠시 노래가 중단되는 틈을 타 가만히 내게로 다가왔다. "야! 이 중에 서로 제일 가까이 사는 사람은 너와 나 단둘이다. 만일 무슨 일이 생기면 서로 집에 소식도 전하고……." 당시 열기에 차 있던 나는 밉살스럽게 나머지 말이 끝나기도 전에 "비켜! 이 새끼야!" 하고 크게 소리를 지르며 진태를 밀어 팽개쳤고 목소리를 한층 가다듬어 "태평양 큰물 기슭 대륙 동녘에!" 하고 중단된 노래를 전보다 목청을 한층 더 높이 외쳐 댔다. 우리는 중동부 전선의 전투 부대로 배치되어 전입신고를 마쳤고 나는 전투 부대로 동작이 느린 진태는 후방 병참 중대로 배치되었다. 전투 수색대에 배치 받은 나는 전진과 후퇴를 거듭하는 공포의 전투 속에서 생명을 하나님께 맡기고 명령에 죽고 명령에 사는 신세가 되고 말았으며 고참병들의 무분별한 구타와 기합을 참아 가며 전투 경험에 제법 익숙해지면서 그곳에서 수개월을 지냈다. 전쟁 속에는 반드시 명예롭게 싸우다 죽는 것만 있는 것이 아니다. 때로는 상상할 수 없는 불명예스러운 죽음을 당할 수도 있다. 수치스러운 죽음도 있다. 전진과 후퇴를 거듭하던 나머지 많은 병력이 손실되어 공격은 고사하고 방어 자체도 어려워질 무렵, 후방에서 병력 충원이 되기 전에 사단 C.P의 신병을 전방으로 차출, 보충병으로 전입시켰는데 진태도 그 보충병의 한 인원으로 우리 대에 들어오게 되었다. 무수히 쏘아 대는 적의 실탄을 피해 가며 전후좌우를 살펴 공격을 계속할 때 돌연 후닥닥 뒤로 도망치는 놈이 분대장을 당황하게 하였다. "이 새끼야 어디가?" 분대장의 날카로운 고함소리에 진태는 걸음을 멈췄다. 전투 경험이 없는 진태는 무척 무섭고 겁이 났던 모양이었다. "도망가면 쏜다! 이 새끼!" 그러나 그가 다시 돌아올 생각을 않고 도망할 자세를 취하자 분대장의 위협사격은 그의 복부를 관통하고 말았다. 적들이 점차 가까이 접근하였다고 느낄 때 후퇴 명령이 없었음에도 우리 분대는 소대장의 육성이 가깝게 들릴 거리만큼 뒤로 물러섰으며, 결국 진태의 생사를 확인할 기회조차 없이 후퇴하고 말았다. 주야로 외아들 진태의 무운장구(武運長久 *무인(武人)으로서의 운수(運數)가 길고 오래감)를 위하여 기도하던 어머니의 정성도 다 외면하고 영영 허망하게 허공에 흐트러진 이름 김진태. 그는 결국 이렇게 죽고 말았다. 일주일 후 그 고지를 탈환하였을 때도 김진태의 시신을 찾을 길 없이 치열한 전투는 계속되었다.

휴전이 되고 군에서 제대했을 때, 나는 그 고장을 떠나 이미 서울에 정착하였으나 상시 머리에서 떠나지 않는 전사 소식을 차마 그 어머니께 직접 찾아가 전달하며 위로할 용기가 나지 않았다. 후일 고향 방문길에 진태 모친 소식을 물으니 홀어머니로서 외아들의 전사 통지서를 받고 실망한 나머지 그 고장을 떠났다 한다. 여하간 전쟁은 끝났으나 국토는 다시 분단되어 국경 아닌 국경으로 또 다시 대치, 적대시하며 통일의 전망은 보이지 않고 세월은 덧없이 흘러만 가고 있다. 이제 남쪽에서 어르고 달래 가며 '햇볕 정책'이라 하여 통일에 접근해 보고 있다. 또한 북쪽에서도 그들의 이론으로 자기들의 주장이 올바른 통일 방법이라며 자기네 식으로 통일을 하여야 한다고 주장한다. 6·25 전쟁 이전에도 그랬듯이.

22

절로 들어가 중이 된 경애

강산이 초토화되고 수백만의 사상자를 내며 가정과 재산이 산산이 부서진 엄청난 비극으로 한 많은 일생을 보낸 사람들. 그들은 아픈 상처를 지금까지 간직하고 있는 산 증인들이다. 엄청난 비극을 직접 목격하지 못하고 말로만 전해들은 사람들은 동족상잔의 그 잔인한 전쟁을 어떻게 상상할 수 있겠는가? 게다가 조국의 참 모습은 되찾지도 못하고 그대로 긴 세월만 흘려보내고 있다. 이러한 동족끼리의 처참한 싸움이 절대로 다시는 이 땅 위에서 일어나서는 안 될 것이다.

또 다시 6월, 호국의 달을 맞이하였다. 좀처럼 잊히지 않는 비극 한 토막을 되새기며 꽃잎처럼 떨어져 간 옛 친구를 기려 본다. 김준호와 나는 당시 같은 중학교 재학생이었다. 한 학년 밑의 준호는 나와 같은 야구부였으며 우리 학교 대표 선수이기도 했다. 투수인 준호는 포수인 나를 항상 "형!" "형!" 하며 따랐고 하급생이라기보다는 친동생과 다름없이 가까이 지냈다. 팔 힘도 억세게 강했지만 무서울 정도로 세게 던지는 공은 나를 항상 긴장케 하였다. 전국 중등 야구시합을 앞두고 매일 강훈련을 받을 때 뜻하지 않게 인민군 남침 뉴스가 방송되었다. 대통령의 중대발표 때까지도 우리는 아무 일 없는 듯 운동장에서 연습을 게을리 하지 않았다. 서울로부터 피난민들이 내려오기 시작할 때 비로소 무엇인가 심상치 않음을 깨달았다. "형 이것 혹 시합 다 틀린 것 아냐?" 하며 퍽이나 야구 시합이 무산되는 것을 걱정하며 아쉬워하던 준호. 결국 우리는 야구 유니폼 대신 학도병의 군복으로 갈아입고 완전 무장하여 적진으로 나가게 되었으니 그로부터 1개월가량 후의 일이었다. 그렇게도 밤을 새워 울면서 학도 병 출전을 만류하던 준호의 애인 최경애, 퉁퉁 부운 눈으로 머리단장도 잊고 트럭을 타고 떠나는 우리를 뒤에서 울면서 배웅하던 경애. 그 시절은 남녀 학생의 연애는 풍기 문란으로 정학 처분도 받던 시절인데도 준호와 경애는 버젓이 손잡고 밤거리를 누비고 데이트할 정도로 대담했다. 둘 사이는 부모님도 선생님도 다 알고 묵인할 정도이니 그들이 얼마나 진실하게 서로 사랑하였는지 짐작이 갔다. 전쟁의 무서움보다 경애에 대한 그리움을 참는 것이 더 힘들어 하는 준호의 모습을 보면서 안타깝기도 했지만 운동선수답지 않게 여자에게 마음이 약한 것이 한편 얄밉기도 하였다.

나는 수색대로 준호는 소총 소대로 각기 보직을 받고 전투장에 나갔다. 후퇴와 전진을 번갈아 가면서 치열한 전투가 계속되고 적군이나 아군이나 사상자는 매일 속출했다. 팔이나 다리에 관통상을 입고 많은 피를 흘리고 얼굴이 백지장 같이 되어 물을 달라고 몸부림치는 부상자. 복부 관통으로 아픔을 이기지 못하고 비명 소리를 연발하는 처참한 모습은 차라리 머리나 심장을 관통하여 신음 소리조차 못 지르고 조용히 눈을 감는 전사자가 지켜보는 입장에서는 덜 처참한 것 같았다. 이것이 격전 중인 희생자들의 처참한 모습이요, 차라리 가벼운 상처라도 받고서 후방으로 후송되는 행운? 이라도 얻었으면 하는 심정이 들 정도였다. 무엇이 정의이고 불의인가를 생각할 여지도 없었다. 다만 쳐들어오니까 쳐부수고, 공격을 명령하면 전진하고, 상황이 불리하면 후퇴하고, 그러다가 총알이나 포에 맞으면 부상당하고 죽고 하는 것이었다. 쌍방의 희생자가 너무나 많은 탓일까? 우선 전투 상황은 일단 멈추었다. 또다시 원점의 대치 상황으로 되돌아 왔을 때 야전 의무대에서 전화가 왔으니 다녀오라는 수색 대장의 전달이 있었다. 야전 천막 안에서 발견한 부상자 준호, 아니 부상자라기보다는 소생할 가능성이 없으니 차라리 전사자라고 할 정도였다. 압박대와 붕대로 전신의 줄혈을 막기 위하여 감싸 놓았지만 흰 부분보다 피에 젖은 붉은 부분이 더 많았다. 백지장 같은 얼굴에 뒤통수 상처에서는 흰 골이 조금 보이기도 했다. 그래도 다소 정신은 있어 "형! 형!" 소리만 연발했다. 그것은 나를 보고 싶어 하며 불러 대는 마지막 소원 같았다. 나와 준호 사이를 잘 알고 있는 많은 전우들이 나를 불러 준 모양이다. "야 준호야 이게 웬일이냐?" 당황하며 무릎 꿇고 앉아 얼굴을 어루만질 때 이미 준호는 죽어가고 있었다. "죽으면 안 돼! 준호야!" 라고 외치는 나를 응시하며 "형, 나 죽지는 않겠지?" 하고 물어 나를 더욱 더 안타깝게 했다. 나도 모르게 떨어지는 눈물방울이 그의 얼굴을 적시고 있었다. "형, 물 좀 줘. 물!" 갈증이 나는 것보다 무의식 중 하는 말이었다. 어차피 소생할 가능성이 전혀 없다고 판단한 군의관이 마지막 소원이 되겠으니 물을 주라고 했다. 수통 물이 한 모금 들어가기도 전에 "경애야 미안하다. 네 말 들었어야 했는데...... ." 마치 마지막 유언이듯 발음도 똑똑했다. 준호는 미처 말을 끝내기도 전에 목에서 힘이 빠졌다. 꽃 피는 열아홉 청춘, 무한한 희망에 부풀어 있던 행복도, 큰 포부도 허망한 전쟁 속에 부서지고 허공에 흐트러진 그 이름 준호는 낙엽처럼 힘없이 떨어지고 말았다.

하나님은 나의 생명을 빗발치는 총알 속에서 오묘하게도 무사히 보호하여 주셨다. 얼마 후 휴가 차 집에 들렀을 때 그렇게 나를 붙들고 울던 경애가 전사 통지서를 받고 정신이상자 같이 되어 버려 준호의 어머니는 자식 잃은 슬픔보다 경애를 간호하는 데 신경을 써야 했다는 이야기를 들었다. 울면서 세월을 보내다 정신이 돌아온 경애는 진학도 포기하고 절로 들어간다는 암시로 머리끝 부분을 잘라서 준호 어머니 방에 몰래 놓고는 사라졌다. 그 후 경애가 모 절의 암자에서 삭발하고 중이 되었다는 사실을 일 년 후에나 알 수 있었다. 슬픔도 오랜 세월이 흐르면 잊히는 모양이다. 군에서 제대 후 경애를 위로하기 위하여 절에 찾아 갔으나 끝끝내 면회조차 못하고 되돌아왔다. 강산이 두 번 변할 정도로 세월이 흘렀다. 사당동에 정착하고 몇 년이 지난 후 직장을 정리하고 영국 취업을 주선할 무렵 집에 돌아오니 흰 고무신을 신고 마루에 걸터앉은 여승이 나를 기다리고 있었다. 나를 보자 "오랜만에 뵙네요." 하며 싱긋 귀엽게 웃는 변함없는 옛 모습의 경애. 가는 주름은 더러 있어 보였지만 늙었어도 보조개는 여전히 예뻤다. 고운 피부는 삭발한 탓인지 더욱 돋보였다. 너무나 뜻밖의 모습에 말도 못하고 멍하니 한참 쳐다만 보고 있으니 "우습지요? 제 꼴이?" 그때서야 비로소 옛날 운동할 때의 준호의 모습이 더듬어지고 전사 당시, 죽어 가는 준호를 붙들고 울음을 그칠 줄 몰랐던 순간과 휴가 때의 상봉 장면이 떠올랐다. 그리고 다만 사랑하는 이를 그리워하며 살아온 이 천사에게 그저 옛 친구의 명복을 빌며 실컷 울고 싶은 심정뿐이었다. 한참 마음을 진정한 끝에 "어떻게 이렇게…… ." 라고 물었으니 지금 생각해 보면 무의미한 질문이었다.

몇 년 동안 해마다 현충일이면 꽃 한 송이 들고 국군묘지를 찾았고 그렇게 하는 것이 준호에 대한 도리라고 생각했다고 경애는 말했다. 그러나 세월이 흐르니 그것도 별 뜻이 없는 것 같고 이제는 오로지 불도의 진리에만 열중한다고 했다. 나는 전혀 소식을 몰랐지만 묘지에 나올 때마다 친지로부터 나의 소식을 듣고 자세히 알고 있었던 모양이다. 몇 번인가 방문을 시도하였지만 부질없는 것 같아서 되돌아갔다고 한다. "이민 가신다고 하기에 마지막으로 한 번 뵙고 싶어서…… ." 말끝을 흐리는 경애. 그렇게 예뻤던 소녀 시절보다 더 당당한 천사 같은 모습으로 순수한 사랑을 지키고 있는 경애. 전쟁이 만든 눈물겨운 순애보가 아닐 수 없다. "준호야, 네 영혼에 참사랑을 간직하고 있는 천사가 보이느냐? 네가 그렇게 사랑하는 경애가 말이다."

23

세인트 폴 대성당에 안치된 감악산의 돌

세인트 폴 대성당의 전경과 성당 지하에 안치되어 있는
한국참전용사비

　6월 호국의 달을 또 맞이하였다. 6월 6일 현충일, 런던 세인트 폴 대성당을 찾은 우리는 그곳에 안치된 '한국참전 영국군용사 비'에 헌화하고 우리 조국을 위해 희생된 용사들의 명복을 빌었다. 나는 그들을 기리는 뜻에서 그 당시의 발자취를 더듬으며 이 글을 쓴다. 유구한 역사 속에 민족 치욕으로 기록되는 동족상잔의 6·25 전쟁은 북한의 적화 통일의 야욕으로 단행된 남침이었고 남한은 이를 저지하기 위해 연합군의 파병을 요청, 미군이 주도하는 치열한 전투가 전개되는 가운데 엄청난 동족끼리의 살상은 물론 많은 우방국의 젊은이들이 귀중한 생명을 한국 땅에서 잃게 되었다. 그러한 비극의 전쟁을 치렀음에도 민족국가의 통일은 고사하고 국토는 다시 양분되어 반세기를 서로 주적으로 대치하고 있다. 영국은 미국 다음으로 많은 6만 2천 여 명의 많은 군인을 파병하여 1천 2백 명이 전사하고 2천 6백여 명의 부상자를 내는 엄청난 인명 피해를 당했다. 그 중에서도 1951년 2월 13일 임진강을 중심으로 Gloucestershire 연대는 Colonel Carne 부대장의 지휘 하에 치열한 전투를 전개하던 중 뜻하지 않은 중공군의 인해전술(2만 7천여 명)의 습격으로 인해 결국 Gloster 일개 대대가 경기도 파주군 적설면 설마리 감악산(작전 상황 명 Gloster Hill)에서 용전분투하였지만 겹겹이 둘러싸여 작전상 불리한 산 밑의 평탄한 골짜기에 포위당하여 실탄은 떨어지고 식량 보급은 끊긴 채 동년 4월 21일부터 4월 25일까지 아비규환(阿鼻叫喚)의 처참한 전투에서 350여명이 포로로 잡히고 1백여 명이 전사했으며 90 여 명(전 한국 참전 용사 회장의 증언) 이 구사일생으로 미군의 오인 사격을 피해 가면서 탈출하는 등 실로 영국 전사(戰史)상 씻지 못할 치욕의 실전(失戰)을 당했던 것이다. 6·25 한국 전쟁은 우리나라의 비극이었을 뿐만 아니라 타국의 수많은 젊은이들의 귀중한 생명을 희생케 한 비참한 전쟁이었다. 무엇보다 우리 조국 땅에서는 앞으로 다시는 이와 같은 비극이 절대로 일어나선 안 될 것이다.

몇 년 전 조국 방문을 했을 때 나는 그 유서 깊은 적설면 설마리 일대 감악산 골짜기를 탐방, 당시의 격전지를 찾아가 보았다. 그런데 지난날의 비극의 자취는 간곳없고 다만 이름 모를 산새들의 울음소리만 그 사연을 달래 주고 위로하는 듯 애처롭게 들려왔다. 영국 정부의 협조를 얻어 영국식 공원 비슷하게 만들어진 야외 놀이터에는 많은 소풍객들이 곳곳에 모여 음식을 먹어 가며 즐기고 있었다. 골짜기를 돌아 산마루턱 중간에는 Gloster 소속 전사(戰死) 영령들의 잠든 넋을 위로하는 비석이 건립되어 그 당시의 비극을 상기시켜 주고 있었다. 나는 문득 지난날 내 자신이 6·25 전쟁에 출전, 중동부 전선에서 중공군의 인해전술 급습으로 포위당하여 골짜기에 숨었다가 구사일생으로 탈출할 때의 아찔했던 순간이 떠올라 더욱 안타까운 심정으로 머리 숙여 명복을 빌었다.

세월이 많이 흘렀다. 조국은 전쟁 후에 모든 것을 극복하여 이제는 잘 사는 나라로 변모하고 있다. 이 나라에 정착하여 사는 교민들도 제법 기틀이 잡혀가도 있다. 한국 정부는 영국이 우리 조국의 국난 극복에 도움을 준 것을 늘 기억하고 있다. 정부와 교민들은 한국 참전 용사들의 모임에 위로와 협조를 아끼지 않고 있으며 80년대 들어서면서 그들이 보고 싶어 하는 한국의 발전된 모습을 보여주기 위해 초청하여 옛 전쟁터의 추억을 되살릴 수 있는 현지 관광도 알선해 주고 있다. 특히 그들의 숙원이었던 영국 내 '한국전쟁 참전용사 비(韓國戰爭參戰勇士碑)'를 건립하는데 동참, 당시 강영훈 주영 대사와 교민 회장 최원중 씨는 직접 현대자동차 정세영 사장을 찾아가 참전 용사 비석을 만드는 일에 도움을 요청하였고, 현대 자동차 스텔라 한 대를 기증받아 5만여 파운드가 소요되는 경비 중 1만 3천 파운드 의 보탬을 주기도 하였다. 또한 참전 용사 비석의 돌은 전몰장병의 영혼이 깃들어 있는 감악산에서 채취하는 것이 뜻이 있다는 강 대사와 참전 용사의 의견으로 한국 정부의 협조를 얻어 한국 국방부가 영국까지 감악산 돌을 운송해 주었다. 1987년 8월 11일, 드디어 한국전 참전 영국 재향군인, 영국 정부 요인, 김영주 대사와 여러 교민들이 모인 가운데 엘리자베스 2세 여왕이 손수 한국 참전 용사 비의 제막식을 거행했다. 용감하게 전사한 영국 참전군이 고이 잠든 감악산의 돌을 이렇게 한국 참전 용사 비로 영국에서도 이름 높은 세인트 폴 대성당 전면 지하 왼편에 안치한 것이다.

요즘 들어 한국의 관광객들이 많이 늘어 세인트 폴 대성당을 찾는 관광객들도 많지만 이러한 내막을 잘 알지 못해 그냥 지나치는 때가 많을 것으로 생각된다. 독자 분들

가운데 혹 관광차 St. Paul's Cathedral에 들릴 기회가 있다면 지난날 조국이 흥망의 기로에 섰을 때, 비운의 나라에 몸을 바쳐 헌신한 이들 용사의 영령 앞에 엄숙히 고개 숙여 감사하며 그들의 영혼을 기리는 꽃 한 송이를 바쳐 추모의 뜻을 전해 주었으면 하는 마음이 간절하다.

일제 강점기

일제 강점기

24

왜정 시대

1945년 9월 2일 일본 토쿄만 미조리 함상에서 연합군 태평양 전선
총사령관인 맥아더 장군 앞에서 항복 문서를 서명하는 시게미츠
일본 외상

한국을 일본이 식민지로 지배하던 36년간을 우리는 소위 왜정시대라고 한다. 짓밟힌 민족의 자존심, 압박과 설움, 그 수난의 역사...... . 일본이 얼마나 악랄하게 수탈하고 우리 민족을 단압하였는지 직접 목격하지 못한 광복 후 세대들에게 일본을 인식하는데 미력이나마 참고가 되었으면 하는 마음으로 당시 실지 생활의 부분적이나마 적어 볼까 한다. 조국을 일본이 완전히 식민지로 만들어 지배하던 그 시기에 나는 나의 조국에서 태어났다. 자라나면서 교육 역시 일본식으로 받았고, 그들 마음대로 민족 황국신민으로 개조하려는 의도에 따라 초등학교 때부터 한국말 대신 일어를 국어로 사용하게 하였음은 물론, 일본인이 되기 위하여 소위 창씨개명을 해야 한다고 해

서 조상으로부터 물려받은 김(金) 씨 성(姓)은 가네야마 또는 가네가와, 가마모토, 가네하라, 가네무라 등으로 호적등본까지 전부 바꾸어 버렸다. 아침 학교에 들어서면 우선 신사참배를 마쳐야 하였고 아침 조회 시간에는 반드시 먼저 동쪽을 향하여 천황에게 큰절을 하는 궁성예배를 드리고 황국 신민의 서사를 외쳐야 했다.

> 1. 우리는 황국신민이다. 충성으로 군국에 보답한다.
> 2. 우리 황국신민은 서로 신애 협력하여 단결을 굳게 한다.
> 3. 우리 황국신민은 인구 단련하여 힘을 길어 황도를 선양한다.

이 행사는 매일 학교에서 비가 오나 눈이 오나 순서대로 절대 빠뜨려서는 안 되며 적당히 넘어가서도 안 된다. 지금 생각하면 군대생활과 같지마는 당시는 항상 하는 행동이니까 당연한 것으로 여겼었다.

일본천황은 천조 대신이 일본 땅을 만들었고 그 신의 계승으로 초대 천황을 진무천황이 근국 기원 (기원전 660년) 으로 시작, 그로부터 아무런 역사의 근거도 없이 혈통 임금으로 이어 받아 신의 후손인 124대 쇼와천황 히로히토를 모시고 있다고 주장하였다. 천황의 역사를 정당화시키고자 후대에 연대를 올려 고쳤다는 설이 유력하다. 당시 조선반도와 일본은 내선일체 즉 일본은 본토 내지요 조선 반도와는 한 몸통이라는 뜻이다. 그래서 우리는 그 대일본제국의 신민으로 되어있으며 이를 영광스럽게 생각하여야 한다고 배웠고 또한 신으로부터 계승을 받은 쇼와천황은 곧 신이라 일컬었고 매일 참배하는 신사(神社)에는 천조 대신의 위패가 모셔져 있었다. 어떤 시골 어느 학교에서도 반드시 운동장 한 구석이나 근처 좋은 위치에는 성황당같이 세워진 신사가 있어서 그곳에 가서 큰절하고 손바닥을 세 번치고 다시 큰절하고 묵도하는 소위 신사참배라는 것을 해야 했다. 그것이 바로 기본적인 초등학교 교육이었다. 그 당시 한반도에 가장 큰 대표적인 큰 성황당은 지금 서울 남산 중턱에 조선 신궁 이라 이름 지어 천조 대신과 명치 천황의 위패를 모시고 있었다. 아직도 일본에는 2차 대전의 전사자와 전범자의 위패를 모시는 야스쿠니 신자(靖國神社)나 메이지 신궁(明治神宮)이 그대로 보전되어 있다. 가정에서나 학교는 물론 모든 일상생활에서 한글과 한국말을 말소(抹消)시키는 수단으로 국어 상용이라 하여 일어를 사용하게 하였고 전 가족이 일어를 사용할 수 있는 가정은 국어상용가(國語常用家)라는 문패를 달아 주었다. 그들이 당시 헌법 제1조에 명시하듯 천황은 불가침의 신이라 일컬어 연설도중 '황공하옵게도' 구절만 나오면 일제히 차렷 자세를 취하여야 한다. '천황폐하께옵서' 하는 구절이 끝나면 먼저 자세로 돌아갔다. 상시 몸과 정신은 언제든지 천황을 위하여 바쳐야 되는 것이며 그것이 가장 삶의 영광이라 강조했다. 이것이 조선 총독부라는 연출자가 한반도라는 큰 무대의 전 민족을 배우로 출연시켜 무리한 연기를 가르치는 코미디 공연이 아니고 그 무엇이겠는가? 힘이 없던 우리 민족은 그저 시키는 대로 다하고 그렇게 인정하고 살 수밖에 없었다. 무엇보다도 외부 세계에 대하여 아는 것이 별로 없을뿐더러 철저한 장막 속에서 반발하면 큰 형벌이 내려지기 때문에 별도리가 없이 그렇게 살았던 것이었다. 당시의 우리 조상들은 조선 왕조 시대의 흐름을 너무나 망각하고 민족의 단합과 근대사의 개혁을 필요로 하는 역사의 필연적 운명을 저버리고 오로지 정치 실권자들의 사리사욕을 채우기 위한 정파 싸움에만 몰두했으니 국가는 망하고 을사보호조약의 서명은 이러한 수난의 지옥 속에 민족을 처넣은 것이다. 그리고 조국의 역사를 36년 동안이나 끊어놓는 식민지라는 처참한 연극 각본을 그들 손에 쥐어 준 것이다. 당시 우리 청소년들은 한반도가 독립국이었다는 것을 전설 정도로 알고 있었고 신라 삼국통일과 같이 일본과 합친 것으로 생각하였다. 어른들이 비밀리에 들려주는 이순신 장군 이야기를 머나 먼 신라시대의 충신 김유신 장군의 전설 정도로 알아들었고 독립투사들이 비밀리에 퍼트린 김일성(가공인물) 이야기가 들려오면 홍길동전에 나오는 요술쟁이나 축지법을 한다는 괴인 정도로만 만 생각하였다. 그리고 우리가 독립국가가 되려면 정(鄭) 도령이 세상에 나와 공주 계룡산에 도읍을 세워야 한다는 막연한 전설 같은 민족주의 의식이 싹튼 것이 전부였다. 그때 우리는 일본은 대동아공영권(大東亞共榮圈)을 건설하는 정의의 나라요, 신이 보호하는 나라이기 때문에 절대로 패배하지 않는다고 세뇌 당하다시피 했다. 그 옛날 원나라 대군이 쳐들어 올 때 무방비 상태의 일본이 태풍의 덕으로 망국의 위기를 벗어난 것을 그들은 신이 보내준 태풍이라 하여 가미가제(神風)라 불렀으며 신으로부터 물려받은 그 정신을 야마토 다마시(大和魂 -*일본 민족의 고유한 정신)라 하며 소년 비행사를 양성하여 연합국의 전투기에 부딪쳐 죽게 하는 자살 특공대를 만들어 그 정신을 가미가제 세이싱(神風精神)이라 가르치며 그것을 우리 한반도 청소년에게 강요하였다.

중일 전쟁은 막바지에 접어들어 곳곳에서 일본의 전승 고를 울리는 소식뿐 곧 일본이 중일전쟁을 승리로 막을 내릴 줄 알았다. 그러나 결국 때는 오고 말았다. 소화(昭和) 16년 그러니까 1940년 12월 8일, 무분별한 하와이 폭격의 선전 포고는 그들로 하여금 패망의 길로 들어서게 하였다. 그들은 최후의 발악이라도 하듯 우리 민족에게 더욱 더 잔인하고 극악무도한 짓을 자행(恣行)하였다. 전쟁을 위한 증산을 하여야 한다고 운동장을 파헤치게 하여 학생들에게 고통을 주었고 철저히 통제된 배급 양을 더욱 감소시켜 야미 쌀을 사러 다녀야 할 지경으로 만들었다. 학업을 전폐하고 근로 동원에 나가야 했으며 국민개병이라는 명분으로 젊은이들을 강제 동원하여 전쟁터로 끌어가고 선량한 농부들은 북해도 탄광으로 징용되어 잡혀갔다. 종군 위안부로 삼기 위해 꽃다운 처녀들을 징발하여 이를 피하기 위해 조혼하는 아가씨들이 늘어갔다, 쇠붙이 공출을 미끼삼아 소중한 문화재를 색출해 가는 등 온갖 악랄한 술법을 동원하여 우리 민족을 탄압하고 극심한 고통을 안겨주었다. 지금도 가끔 생각나는 것은 콩기름을 짜낸 썩은 콩깻묵을 주식으로 배급해 주었는데 그것을 먹어보려고 일주일간 물에 담갔다가 냄새가 가시지 않아 버리고는 안타까워하시던 그 옛날 어머님의 모습이 이 글을 쓰는 순간에 머리에 떠오른다.

B 29 미국 전투기가 상공을 날아다니는데 라디오에서는 매일 일본이 승리한다는 소리만 들려왔다. 그러나 1945년 8·15일 그들이 만든 인간 신(神)인 히로히토 천황은 생방송에서 연합국에 눈물로 잘못을 빌면서 항복하였고 우리 강토는 드디어 그들로부터 해방이 되었다. 총칼을 휘두르며 지휘하던 연출가 조선총독부는 뺑소니치고 참혹한 무대 위에서 열심히 연기하던 우리 민족은 너무나 큰 긴장과 압박에서 갑자기 벗어나 다만 허탈할 뿐이었다. 자유라는 게 도대체 무엇인지 가늠하지 못할 지경이었다. 이제 우리에게 연기가 아닌 참된 생활을 시작해야 할 때가 온 것이다. 무엇보다 단군의 자손인 우리가 유구한 반만년 역사를 다시 이어갈 수 있게 되었다는 것이 감격스러울 뿐이었다. 그리고 처음 듣는 해외 망명 독립투사의 귀국 소식은 36년의 긴 식민지 시대의 악몽에서 깨어나 우리에게 진정한 자유 독립국가의 시대가 왔음을 알리는 기쁘고 가슴 벅찬 뉴스였던 것이다.

일본 전후 세대들은 진실을 외면하고 역사를 날조하면서 앞 세대가 저지른 전쟁의 만행을 은폐하기에 급급하다. 강제 징벌되어 성 노예 생활을 강요당했던 정신대 위안부들에게 자유 의사에 의한 본인 스스로의 선택이었을 뿐, 자신들은 아무 잘못이 없다는 뻔뻔스런 주장을 하고 있다. 더욱이 한일합방이 양국의 합의 하에 이루어졌다는 터무니없는 말만 지껄이고 있는 것이다. 그들은 과거를 반성하기는커녕 역사를 날조하여 진실을 완전히 지워버리려고 하는 것이다. 바라건대 일본이 모든 사실을 정정당당하게 밝히고 진심으로 뉘우치고 사과하여 동양 평화에 기여하기를 촉구하는 바이다.

25

한국의 은인 베델(Bethell)

　日本의 침략으로 한국의 운명이 풍전등화와 같던 구한말, 항일 언론으로 한국 최대의 민족지였던 대한매일신보(1904~1910)가 구국 운동을 전개하고 배일사상을 고취시키는데 세운 공이 참으로 지대하였던 것은 모두가 아는 사실이며 이 신문 발행인이 영국사람 Bethell이었다는 사실을 우리는 다시 한 번 상기하고 그를 기려야 할 것이다.

　정의의 언론인, 어네스트 토마스 베델 (Ernest Thomas Bethell)은 영국 Bristol 북부에 있는 Ashly에서 1872년 11월에 태어나 Marchant Vunlure School를 졸업

하고 1888년 열 다섯 살의 어린 나이에 日本으로 건너와 살면서 무역업에 종사하고 1888년에는 동생들과 Bethell Brothers (지금 London에서 영업 중) 라는 무역상을 설립하였으며 그가 한국에 오기 전부터 일본에서 신문을 갖고 있어 비록 높은 학력의 소유자는 아닐지라도 자기의 주장을 논리적으로 전개할 수 있는 문장력을 지니고 있었다. 그가 한국 특파원으로 온 후 바로 신문을 창간 할 수 있는 자질을 갖고 있었다. 또한 그의 이성적이고 논리적인 성격이 무역보다는 언론인으로서의 직업에 적합했던 것이다. 한국으로 건너온 Bethell은 우리의 선각 언론인 양기호, 신채호 선생 등과 합심하여 언론 계몽은 물론 민족지로써의 전통을 수립할 수 있는 기틀을 잡아 주며 팔방으로 침략을 기도하는 일본의 제국주의적 야심을 백일하에 폭로, 국내에서 일본 세력에 대한 저항이 전국으로 거세게 전개되도록 하였으니 당시 한국은 베델과 같은 역량 있고 성실한 정의의 언론인을 필요로 하고 있을 때였다.

대한매일신보가 발행되기는 일본이 러일전쟁을 기점으로 하여 한반도에 독점적으로 우위를 확보하고 침략 전쟁을 노골적으로 추진하던 때였으니 이에 분개하여 피 끓는 논설을 펼침으로써 한국인의 일본 세력에 대한 저항이 다방면으로 전개되었고 조정에서는 고종 황제가 언론의 힘에 용기를 얻어 해외밀사 파견을 단행하였다. 그로 인하여 황제의 자리를 물러나야 하는 비극적 처지에 놓여 있을 때, 전국 각지에서 의병이 일어나고 민족의식을 고취하는 애국계몽운동과 자발적 범국민운동이 벌어졌던 것 등 이 모든 일에 대한매일신보 보도의 역할이 지대하였던 것이다. 대한매일신보가 유독 딴 신문보다 자유롭게 논설을 펼칠 수 있었던 이유는 당시 대한매일신보의 소유주가 영국인이어서 치외법권의 혜택을 받을 수 있었기 때문이다. 따라서 한국의 경찰권과 사법권을 장악하고 있던 당시 일본 통감부는 베델의 신문에 직접적인 탄압을 가할 수 없었던 것이다. 그래서 한국의 민족주의 진영과 고종 황제는 이러한 일본의 약

점을 이용하여 비밀리에 경영 자금을 제공하여 민족운동의 기점으로 삼고 한국을 독립시키려 하였다. 영국 입장에서는 대한매일신보가 비록 베델이라는 민간인의 소유였지만 한국에서 누릴 수 있는 유일한 치외법권을 일본에 양보하지 않고 권한을 행사하려는 자존심을 갖고 있었다. 일본은 한국을 통치하는데 거대한 방해물이 되고 있는 이 신문을 폐간하거나 베델을 추방하여 줄 것을 영국 측에 끈질기게 요구하였던 것이다. 급기야 일본의 요구가 관철되어 젊은 영국사람 정의의 언론인 베델은 모국인 영국과 일본의 정략적 음모 속에 투옥되어 옥고를 치르다가 1909년 5월 서울로 돌아와 서대문 밖에서 36세를 일기로 생애를 마치고 양화진의 외인 묘지에 묻히고 말았다. 베델이 타개하였다는 소식이 전국에 전해지자 한국의 언론은 물론 온 국민의 충격은 대단하였다. 그의 죽음을 애도하는 만사(輓詞) 첩(帖)이 각처에서 쇄도하였다. 일제에 투쟁하다가 죽어 태극기에 덮여 있는, 한국의 벗 베델을 추모하는 끝이 보이지 않을 정도로 긴 행렬(사진 – 정진석 교수 발굴)을 보아도 우리 국민이 얼마나 그의 죽음을 슬퍼하며 애통하게 여겼는지 짐작하고도 남는다.

 오늘날 우리는 일제의 식민지로부터 해방이 되고 당당한 독립 국가로서 경제대국의 문턱에 이르고 있다. 이는 과거 많은 선열들이 순국, 구국 운동에 목숨을 바쳤다는 사실을 우리 후손들이 잊어서는 안 될 것이며, 이 모든 애국선열들의 죽음이 오늘날 경제 대국인 한국의 경제 발전에 기폭제가 되었다는 사실을 다시 한 번 상기하고 영국에서 거주하는 한국 사람들은 이 땅에서 자결로써 국가와 운명을 같이 한 순국열사 이한응 공사와 한국 땅에서 한국의 독립을 위하여 싸우다 죽은 정의의 언론인, 영국인 베델의 혁혁한 공로를 영원히 기려야 할 것이다. 서로 남의 나라 땅에서 정의를 위하여 타개한 이 두 거룩한 죽음을 다시 한 번 앙모하며 삼가 명복을 비는 바이다.

대한매일신보 편집국의 모습과 대한매일신보사에 걸렸던 태극기와 영국기

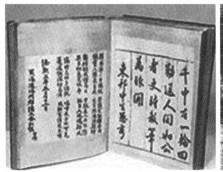

만사첩(베델 조문 기록)

베델의 묘비

장례 행렬

사진 제공 : 정진석 한국외국어대학교 명예교수

26

8·15 광복과 복례의 선물

독립운동의 근거지 중국 중경에서 태극기를 흔들며 광복을 경축하는
임시정부요인들

　나라는 쇠사슬로 묶이고 민족은 족쇄로 채워져 어둡고 괴롭던 식민지 36년. 마침내 1945년 8월 15일 그 암흑의 고통에서 벗어나 밝은 자유를 얻은 것이다. 삼천리 강산의 만물이 춤을 추던 즐거움을 온 겨레에 안겨주던 8·15 광복. 이로써 천황을 신(神)이라 내세워 아시아 정복을 꿈꿨던 일본제국의 야심은 좌절되었고 민족말살의 흉계는 저지되었다. 당시 형무소를 박차고 나와 "대한 독립 만세!"를 외치던 독립투사들의 우렁찬 소리는 자유의 종소리와 더불어 삼천리 방방곡곡에 축제의 분위기를 고조시키며 더 한층 열광케 하였다. 한편 나라가 없던 왜정시대에 태어나 소년시절 왜놈의 교육을 받고 자란 필자는 광복과 자유 그리고 독립, 이 모든 것을 실감하지 못하

고 허탈감과 앞날을 예측할 수 없는 불안감에 휩싸였다. 더구나 매일 정한수를 떠 놓고 북만주 땅에 징병으로 출정한 아들의 무운장구(武運長久)를 조석으로 빌던 어머님은 일본이 이겨야만 아들이 돌아올 줄 알고 계시다가 일본 패전의 소식에 아들이 죽은 줄만 알고 기절하였고 의사의 왕진으로 깨어나 자초지정을 듣고 나서야 안심하기에 이르렀다. 어머니는 곧 아들이 돌아올 것이라는 기대 때문에 잠 못 이루고 날마다 기차역에 나가 나를 기다리셨다. 마침내 돌아온 아들을 부여안고 오열하시던 그 모습이 지금도 눈앞에 생생하다.

북해도 탄광으로 징용 간 남편을 둔 한섭이 어머니가 곧 남편이 돌아오리라는 말만 듣고 기쁨을 억제하지 못하고 안절부절못하다가 김치를 담그려고 바구니를 들고 열무 뜨러 밭으로 쏜살같이 뛰어갔던 그 모습, 기발하게 준비한 농악의 요란스런 장단에 춤을 추며 "대한 독립 만세!"를 외치던 촌로들, 징병이나 징용을 피하여 곳곳에 숨어 있다가 뛰쳐나와 어느새 만들었는지 태극기를 흔들며 "이제는 살았다." 하고 만세를 외치던 젊은이들, 이것이 광복과 자유를 찾은 모습 바로 그것이었다. 그런데 이와 같은 광복의 감격 속에서도 복례만은 기쁨도 즐거움도 아무 상관없다는 듯이 수심이 가득 찬 채 앞으로 닥쳐올 악몽을 두려워할 뿐이었다. 일찍이 엄마를 잃은 그녀는 늙은 아버지와 어린 동생을 돌보며 가정을 이끄는 처녀 가장(家長). 예쁜 얼굴에 단정하고 부지런하여 마을에서도 칭찬을 받아가며 우리 집을 위주로 이 집 저 집 다니며 일을 도와주고 가계를 이끌어갔다. 그러다가 당시 정신대에 끌려갈 것을 걱정하여 이장의 주선으로 동네의 착실한 노총각 춘삼이와 결혼했다. 신혼생활의 단꿈이 채 가시기도 전에 평소 그녀에게 흑심(黑心)을 품고 치근대던 파출소 밀대 노릇을 하던 떡정이가 솔가지를 꺾어다가 울타리를 고친 춘삼을 파출소에 고발하여 춘삼이는 산림법 위반으로 끌려가 혹독한 매를 맞고 징용을 자원한다는 조건으로 풀려 나와 북해도 탄광으로 끌려갔다. 춘삼이가 징용 간 지 6개월이 지날 무렵, 떡정은 복례에게 춘삼으로부터 소포가 왔으니 파출소에서 찾아가라고 허위로 전갈하고 덕대골에 숨어 있다가 지나가는 복례를 덮쳐 후진 골목으로 끌고 가 겁탈하는 만행을 저질렀다. 흐트러진 머리와 끊어진 몸뻬 끈을 손으로 움켜쥐고 허둥지둥 뛰쳐나왔고 흐느끼며 매달리는 그녀의 등을 어루만지며 어떤 일이 있었으리라고 짐작하신 어머니는 "못된 것! 못된 것!" 하시면서 그녀를 위로해 주었으나 좀처럼 울음을 그치지 않았다. 불행하게도 그녀는 그 일로 임신이 되었고 몸뻬에 표가 날 무렵 우리 마을을 떠나 얼마 있다가 딸을 순산하여 백일이 되었을 무렵, 견디기 힘든 생활고에 다시금 아이를 업고 마을로 돌아왔다. 승리를 장담하던 일본은 점차 패전의 검은 그림자가 드리워지기 시작했고 마치 패망의 전주곡인 듯 한반도 상공에는 B29 비행기가 흰 연기를 내뿜으며 날아갔다. 일본은 최후의 발악을 하듯 우리 민족을 더욱 괴롭히며 잔악한 짓을 서슴지 않았다. 온갖 수단을 동원하여 민족말살의 만행을 저지를 때 위대한 과학의 힘은 일본의 본토사수 결의도 무참하게 히로시마와 나가사키에 원자탄을 투하했고 결국 일본은 두 손을 들고 말았다. 날이 갈수록 광복과 자유의 열광은 더하여 갔으며 우리 마을을 지나가는 기차는 중국이나 만주, 또는 북해도 탄광에 끌려갔다 돌아오는 사람들로 북적댔고 지붕까지 초만원을 이루었다. 여기에는 무사하게 돌아온 아들을 붙들고 오열하는 어머니, 돌아온 남편 앞에 그리움을 못 이겨 훌쩍훌쩍 울면서 바라보는 아낙네, 구사일생으로 지옥에서 돌아왔지만 무슨 큰 죄라도 지은 듯 고개를 숙이고 남의 눈을 피하는 정신대 피해자들의 모습이 뒤엉켜 있었다.

세월이 지나 삶의 모습이 많이 변한 지금이라 현실적으로 이해가 안 될지 모르겠지만 당시만 해도 여자의 혼전순결(婚前純潔)이나 일부종사(一夫從事)의 부도(婦道)는 생명과 같았으며 자의나 타의를 막론하고 남편 아닌 남의 자식을 분만하거나 처녀가 순결을 상실하면 그 당시 사회에서는 용납할 수 없는 수치로 여겨 버림받는 처지가 되었다. 복례는 이 큰 고민을 과연 어떻게 해결하느냐 하는 생각뿐 사랑하는 남편이 돌아왔다는 소식에도 기쁨은커녕 가슴만 덜컥 내려앉는 것이었다. 춘삼의 도착 예정일을 전해들은 복례는 어린 것을 등에 업고 멀리서 마음가짐을 단단히 하며 기차에서 쏟아져 내리는 한 사람 한 사람을 눈여겨보았다. 맨 마지막에 등에 큰 보따리를 메고 두리번거리는 춘삼. 그는 반가이 맞이해 줄 복례를 찾고 있었다. 복례는 금방이라도 급히 뛰어가 남편의 목에 매달리면서 그리웠던 지난날을 떠올리며 하소연하고 용서를 빌고 싶은 마음이 간절했지만 더럽혀진 자신의 몸으로 남편에게 접근할 수 없었다. 그녀는 힘없이 한 걸음 한 걸음 정처 없이 걸어가며 집으로 달려가는 춘삼의 모습을 멀리서 바라만 보고 있었다. 집에 도착한 춘삼은 두리번거리며 복례를 찾았으나 그녀를 찾을 수 없었다. 결국 알려줘야겠다고 판단한 동네 이장이 술을 대접하면서 복례에 대한 자세한 이야기를 털어 놓았다. 이야기를 다 듣고 나서 춘삼은 연거푸 막걸리를 퍼 마시며 그래도 얼굴이나 봐야겠다며 "빌어먹을 년." "망할 놈의 여편네." 하면서 실신한 사람처럼 "복례야! 복례야!" 부르면서 땅을 치며 소리소리 질러댔다. 그래도 끝끝내 복례는 나타나지 않았다. 그러던 어느 날 덕대골 그 겁탈 당한 현장에서 양잿물을 많이 마시고 죽은 복례의 시체가 발견되었다. 춘삼이 썩어 가는 시체를 부둥켜안고 복례 이름을 외치면서 "네가 기생 갈보 짓을 하면 어떻고 새끼를 몇을 낳았으면 그게 다 무슨 상관이냐! 다 왜놈 때문에 그렇게 된 것을." 하며 목 놓아 우는 광경은 쳐다보는 많은 사람들의 눈시울을 뜨겁게 적시었다.

　며칠 동안 실성한 사람처럼 행동하던 춘삼은 결국 눈에 살기를 띠며 낫을 들고 후다닥 뛰쳐나갔다. 아마도 떡정이를 해치러 나가는 모양이었으나 누구 하나 감히 말리지 못할 기세였다. 삼일 후 춘삼은 복례가 낳은 아기를 안고 터덕터덕 집으로 돌아왔다.

춘삼은 복례의 선물이라는 뜻의 예선이라는 이름을 지어 복례를 대신하여 극진히 잘 키우겠다고 결심하였다. 춘삼은 예선이를 대단히 귀여워하고 그 키우는 정성이 지극하였으니 예선이는 슬기롭게 잘 자라났다. 해가 지난 어느 날 떡정이는 좌익 폭동의 앞잡이를 섰다가 진압하는 경찰의 유탄을 맞아 죽었다.

 광복과 자유 그리고 독립, 이 모든 환희와 기쁨 속에서 이런 비극적인 사연도 더러는 끼어 있었던 것이다. 광복의 축제는 무르익어 갔다. 우리로서는 처음 듣는 독립투사나 지도자, 해외에서 독립운동을 한 사람들의 이름이 거명되며 곳곳의 현수막에는 광복 만세, 자주 독립 만세, 대한 독립 만세 등 이제라도 곧 독립국으로써의 면모가 갖추어지는 것 같았다. 승리 연합국인 미국과 소련은 1943 년 11 월 카이로 회담에서 조선의 자유와 독립을 보장한다는 조건은 뒤로 한 채 임자 없이 망가진 나라 인양 한반도를 삼팔선을 기준으로 양분, 그들의 전리품으로 차지하여 그들 나름대로 '미소공동위원회'라는 도마 위에 올려놓고 요리하고 있었다. 결국 미·소 양국의 작품인 삼팔선은 민족 역사의 또 한 번의 불행을 초래하여 분단국가를 만들어 민족상잔의 6·25 전쟁의 비극을 연출했고 반세기가 지난 오늘날까지도 주적(主敵)으로 서로 대치하면서 오늘까지 오게 한 것이다.

 세월이 많이 흘렀다. 강산도 많이 변하였다. 필자가 조국을 떠나는 이민 수속을 마치고 선산에 성묘 차 고향을 방문하였을 때 죽마고우와 식사를 같이 하며 이런 저런 고향 소식을 물었고 그 후의 춘삼의 생활을 자세히 들을 수 있었다. 복례를 잃은 마음의 상처를 예선을 키우는 재미로 메워 가며 산 춘삼은 처남과 식당을 경영하면서 잘 살고 있으며 예선이는 춘삼의 지극 정성으로 슬기롭게 자라 서울의 명문 대학 신학과를 졸업했다는 것이다. 예선이 많은 학문 중에 구태여 신학을 택한 이유는 "나는 태어나지 않았어야 하는데 인간의 원죄보다 더 큰 죄를 겸하여 태어났다." 며 "그런 값을 치러야 한다." 고 하면서 아프리카 선교사 파견을 자청하였다. 신생국가의 2 세들은 이와 같이 그들의 생각대로 세계를 향하여 뻗어 나아가고 있다. 예선이가 떠나던 날, 그 옛날 복례가 멀리서 춘삼이와 작별하던 정거장에는 예쁘게 자란 예선이 춘삼의 팔에 매달려 흐느끼며 "아빠 내가 돌아올 때까지 건강히 지내세요." 하고 작별 인사를 했다 한다. 아마도 엄마를 그리며 홀로 순애의 정신으로 세상을 살아오면서 자기를 키워 준 아빠에 대한 진실한 감사의 눈물을 흘렸으리라. "그런데 말이다. 춘삼이 예선이를 보내고 돌아서는데 그 모습이 너무나 적막해 보이더라." 하는 죽마고우의 말이 귓가에 맴돌았다. 나는 그 옛날 엉엉 울며 복례를 부르던 춘삼의 모습이 생각나 멍하니 한참 동안 밖을 쳐다보고 있었다.

(2003년 8월 14일 코리안 위클리)

27

벙어리 김 서방과 8·15 해방

광복의 기쁨을 만끽하며 종로에 모여 독립만세를 외치는 사람들

　왜정 시대 징용으로 끌려가 북해도 어느 탄광에서 일하다가 돌연히 귀국한 우리 고장 대교리 김순섭씨는 불행히도 귀머거리와 벙어리가 되어 돌아왔다. 아마도 그곳에서 김 서방이 견디기 힘든 과로와 채찍과 구타로 귀의 고막이 파열돼 귀머거리가 되고 실어증까지 겹치게 되자 일본군은 김 서방을 쓸모없는 불구자로 생각해서 귀국시킨 모양이었다. 예기치 못한 남편의 귀국에 반가움은 순간, 듣지도 못하고 말도 못하는 벙어리가 되어 돌아왔으니 그 아내의 안타까운 마음은 오죽하였으랴. 일찍이 머슴살이를 했지만 부지런히 일하여 자수성가한 김 서방은 뒤늦게 가정을 이루고 처자와 알뜰한 생활로 행복하게 살아왔다. 그러나 뜻하지 않은 징용통지서를 받고 울며

불며 고국을 떠난 지 근 6개월 만에 이와 같이 된 것이다. 슬퍼하는 아내에게 찾아오는 문병객 중에는 차라리 죽어서 돌아온 것만 못하다는 동정어린 말과 걱정을 해주었다. 아내의 지극한 정성으로 김 서방의 몸은 다소 회복되었지만 말 못하는 실어증은 고칠 길이 없었다. 아침이면 일찍 지게를 지고 산으로 나무하러 가는 것이 일상생활의 전부였다. 어른이나 아이들까지도 그를 바보 취급하고 동리에서 버림받은 사람처럼 그는 벙어리 김 서방이라는 이름으로 소위 요즘 말하는 왕따를 당하고 있었다. 그러던 중 1945년 8월 15일 연합국의 승리로 우리 민족은 일본의 식민지에서 벗어났다. '감격의 8·15 광복' 36년간 끊어졌던 나라의 역사가 이어지는 순간이다. 세월이 흘러 과거의 기억이 옛 이야기처럼 아련해졌지만 광복의 감격은 지금도 생생하고 직접 체험하지 않은 세대들은 상상할 수 없을 정도로 기쁜 것이었다. 나라를 빼앗긴 암흑시대에서 압박과 설움의 고통이 얼마나 컸으면 광복을 맞이한 당시 그날의 감격을 우리민족은 만물이 춤을 추며 축복하여 준다고 말하였으랴.

8월을 맞이하여 다시 한 번 그날을 상기하며 기쁨을 되새겨본다. 유구한 역사 속에 19세기의 조선 왕조는 민족단합과 근대사의 개혁을 필요로 하는 역사의 요청을 저버린 결과로 외세의 침입을 물리치지 못하고 망국의 한을 우리 후손에게 안겨주었다. 지속적인 3·1 운동의 항일투쟁도 우국지사의 독립운동도 별 보람 없이 36년간의 왜정시대는 우리에게 자유와 평등과 권리를 잃은 처참한 노예 생활과 다름이 없었다. 당시 일본은 불의(不義)의 전쟁을 권위(權威)의 전쟁이라 자처하며 대동아 공영권(大東亞共榮圈)을 건설한다는 대륙 정복의 야심을 품고 신민(臣民)이라고 스스로 승리를 장담하며 발악하고 있었다. 이 과정에서 우리 민족은 황국신민(皇國臣民)을 강요당했고 수많은 젊은이들이 강제 노동과 징용으로 전쟁의 제물로 군대에 끌려갔다. 그러나 히로시마와 나가사키의 원폭 투하로 일본군의 본토 사수 결의는 무참하게 무너졌고 결국 일본은 손을 들고 말았다. 일본 천황의 울음 섞인 항복의 방송 소리가 끝나자마자 우리 삼천리강산에는 자유의 종소리가 방방곡곡에 울려 퍼졌다. "자유해방 만세!" "대한 독립 만세!". 곳곳에서 태극기를 손에 들고 거리에 나온 국민들은 만세를 외쳤다. 우리 고장에서 비교적 높은 건물인 동문에는 '해방 만세, 자주독립 만세' 의 큰 현수막이 걸려 있었고 그 주위에는 많은 사람들이 모여 자유를 얻은 광복의 기쁨을 나누고 자주독립의 앞날의 희망을 축복하고 있었다. 이와 같은 지난날의 비극을 다시는 절대로 반복해서는 안 된다고 마음속으로 굳게 결의를 하면서…… .

아침 일찍 나무 지게를 짊어지고 산으로 향했던 벙어리 김 서방도 돌아오자마자 지게를 벗어 던지고 동문 앞에 나와 이사람 저 사람의 눈치를 살피다가 드디어 입을 열었다. "해방이 되었으니 나도 말 좀 해야 되겠어." 그리 크지 않은 목소리였지만 곁에 있던 동리 사람들을 놀라게 하는데 충분했다. 그리고 누군가 "어? 벙어리 김 서방이 말을 한다." 라고 하자 이 한마디로 주위는 갑자기 소란스러워졌다. "뭐, 벙어리 김 서방이 말을 혀?" 삽시간에 많은 사람들이 그를 둘러싸고 신기한 듯 그에게 시선을 집중하였다. "해방이 되었는데 벙어리 말 좀 하면 안 되나?" 서투른 입술의 움직이었지만 말소리가 틀림없었다. 어안이 벙벙해져 그를 쳐다보고 있던 주위 사람들은 저마다 "참 지독한 사람." 이라며 감탄했고, 오랫동안 벙어리 행세를 한 그의 인내성에 칭찬과 축복을 아끼지 않았다. 누가 그의 집에 재빨리 뛰어가 말해 주었는지 뒤늦게 허겁지겁 행주치마 바람에 달려온 김 서방 부인은 울며불며 남편의 가슴을 주먹으로 치면서 "어쩌면! 어쩌면!" 소리만 연발하며 매달렸다. 이 광경을 쳐다보며 모여 있던 사람들은 눈시울을 적시며 그에게 축복하는 시선을 던져 주었다. 지난날의 고통을 회상하는지 벙어리 김 서방의 눈에도 이슬이 맺혀 있었다.

8·15 광복은 벙어리 김 서방이 말을 되찾은 것처럼 우리 민족에게 자유와 평화 그리고 권리를 되찾아 주었다. 며칠이 지난 후 당시 학생이던 나는 우연히 김 서방 집 앞을 지나다 그와 마주쳤다. 지난날의 벙어리 김 서방에게 적잖게 무례한 행동을 했기에 미안한 생각이 들어 그의 얼굴을 한참 쳐다보고 있는데 그는 "이 친구야 무엇을 그렇게 이상하게 쳐다 봐?" 라며 히쭉 웃어 주었다.

28

순국열사 이한응(李漢應) 공사

　1905년 5월 12일 이곳 '런던' 땅에서 순국한 당시 우리 민족의 한을 그대로 그려낸 주영 대리 공사 이한응 열사의 순국 애사(哀史)를 다시 한 번 더듬어 기리고자 한다. 그 동안 세월이 많이 흐름에 따라 세상도 변하고 인심도 달라졌다. 애국애족의 식견도 또한 서로 달라지고 참담게 조국과 민족을 위하여 몸 바쳐 순국하신 선열(先烈)들의 큰 공마저 점차 우리 후손들의 기억에서 사라져 가는 것을 느낄 때 참으로 안타까울 뿐이다. 이곳 영국 땅에서 살고 있는 우리 한국 사람은 이러한 이(李) 열사(烈士)의 한(恨)이 얽힌 그 숭고한 애국정신과 우리 겨레에 편달하는 역사적 교훈을 결코 잊어서는 안 될 것이다.

이 한응 열사는 1874년 9월 21일 경기도 용인군 이동면 차산리에서 출생하였다. 일찍이 큰 뜻을 품고 당시 한성(서울)으로 상경, 18세 때에 관립 외국어 학교 영어과를 우수한 성적으로 마치고 한성부 주사로 임명되었다. 그 후 26세 때 모교 영어 교사로 근무하였고 28세에 주영한국공사관 참사로 이곳 런던에 부임하여 민영돈 주영 공사를 보좌하여 국제 외교에 심혈을 아끼지 않으시다가 민 공사가 귀국한 뒤 주영서리공사로 승진하였다. 그 당시에는 미국이나 일본과도 대사 아닌 공사로 외교 관계를 맺고 있었으므로 이한응 공사는 세계 최강국이었던 영국에 파견된 우리나라 외교 대표인 것이다. 특히 당시는 세계적으로 동서 정세가 어지럽고 한국의 운명이 풍전등화(風前燈火)와 같았던 구한말(舊韓末), 강대국들이 식민지 쟁탈에 여념이 없던 때, 러일 전쟁에서 승리한 일본은 대륙 진출을 꾀하며 동으로 필리핀을 장악한 미국을 미끼삼아 그들의 간섭을 막고 서쪽으로는 영국과 영일동맹을 체결하여 한국 땅을 무혈점령(無血占領)하였던 것이다.

을사조약이 체결되기 전에 이미 한국의 국내 정치는 물론 외교까지 철저히 간섭, 그들의 조종을 받아야 할 처지에 놓여 있었다. 이 시기를 전후하여 이한응 공사는 국제 정치에 중심 무대였던 이곳 런던에서 임무를 수행하는 동안 조국의 운명이 장차 어떻게 비극적으로 전개 될지 미리 내다보고 영국이 한국을 도와줘야 한다는 것을 백방으로 설득하고 노력하였으나 냉담한 반응뿐이었다. 더구나 공사의 가족은 본국에 있고 공사관에는 부하 직원 한 사람도 없이 본국에서 3개월 동안 월급조차 조달되지 않는 등 어려움을 말할 수 없는 처지였다. 국력이 뒷받침되는 외교라야 힘을 발휘할 수 있는 법인데 외교관 한 사람이 아무리 애를 써서 일본이 한국을 침략하려는 계교와 경위를 철저히 살피고 보고(報告) 한들 무슨 소용이 있었겠는가. 더군다나 당시 교만하기로 악명 높은 영국 관리들은 이미 영일동맹(英日同盟)을 체결한 처지라 한국의 존재를 부인하면서 힘없는 한국 외교관에 대하여 가진 모독과 차별이 극에 달하였던 것이다. 수차례에 걸쳐 각국에 나와 있는 한국 외교관의 모임을 주선하여 구국 정략을 의논하고자 기도하였지만 누구 하나 응해 주는 자 없었으니 우국지심(憂國之心)에 잠을 이루지 못하는 열사는 홀로 망국의 한을 되새기며 오직 가슴 아파할 따름이었다. 급기야 그는 외교관의 마지막 길은 오로지 국가와 운명을 같이 하는 길뿐이라고 결심하고 망국의 한을 다음과 같이 남기고 조국의 앞날에 오직 영광과 번영이 있기를 기원하며 자결하였던 것이다.

국가의 운명이 풍전등화와 같던 1905년 5월 12일, 32세의 젊은 나이에 Earl's Court Trebovir Road의 외로운 처소에서 조국의 운명과 더불어 생을 마감하였으니 한성 일보에 열사의 자결 소식이 보도되자 망국의 분노를 참을 길 없어 울분하던 온 국민은 엎드려 애도(哀悼)의 뜻을 표하였다. 이한응 열사의 의로운 자결에도 불구하고 결국 을사조약은 체결되었고 7개월 후 뒤를 이은 충정공(忠正公) 민영환 열사와 2년 후 이준 선생의 자결, 또한 4년 후 안중근 의사의 의거 등, 이 모든 충절(忠節)의 정신이야말로 이한응 열사의 뜻을 이어받은 애국 애족의 정신이라 하겠다. 이와 같은 그의 충정에도 불구하고 이한응 열사는 을사보호조약이 체결된 후 자결한 민영환, 이준 열사에 비해 국민들에게 알려져 있지 않다. 보도가 통제되었던 당시는 어찌할 수 없었다 하더라도 해방 후나 정부 수집 후에라도 그의 애국정신과 뜻 깊은 자결을 국민들에게 적극적으로 알리고 그의 숭고한 뜻을 기려야 했다. 부끄럽게도 나 자신이 영국에 영주하기 위하여 정착하기 까지도 사실 이한응 열사에 대하여 알지 못하였다. 역대 주영 한국 대사들한테 어렴풋이 들었을 때도 별로 관심을 갖지 않았었다. 런던 대학에 연구하러 온 정진석 교수로부터 자세한 당시의 상황과 실제 수집한 기록 자료 등을 보고 이 열사의 애국심과 국가를 위하여 죽음을 택한 그의 애국정신을 앙모하게 되었다. 콧대 높고 자존심이 강한 영국인들 틈에서 무시와 냉대를 받으며 하루하루 견디기 힘든 삶을 영위하다 망국의 설움 속에서 자결을 택한 힘없는 나라의 외교관에 관심을 가져 줄 사람은 없었고 당시의 신문들 또한 소홀이 보도하였음을 과히 짐작하고도 남는다.

오랜 세월이 흐른 지금 애국선열의 얼이 맺혀진 Earl's court의 Trebovir Road의 한 모퉁이, 이한응 열사께서 자결한 비운의 역사를 간직한 이 터에는 오직 무심히 지나치는 수많은 외국인들의 왕래가 있을 뿐, 영혼을 달래 주는 꽃 한 송이 놓아주는 사람도 없이 적막하고 쓸쓸하기만 하다. 또한 몇몇 사람이 어렵게 만들어 놓은 미완성 동상마저도 마땅히 세울 곳조차 찾지 못하다가 한국 대사관의 배려로 회의실 모퉁이에 뜻 없는 조각품과 같이 보관되어 있다.

29

아름다운 팔도강산

사진 : 광주신문

　팔도강산은 우리의 조국이요 이를 두고 '삼천리 금수강산(三千里 錦繡江山)'이라 불러왔다. 어느 초등학교 어린이에게 우리나라 지도를 그리라 하였은즉 한반도 남쪽만 그렸다 한다. 만일 북쪽 어린이에게 우리나라 지도를 그리라 하면 북쪽만 그리고 남쪽은 '미제국주의 식민지'라고 표기할 것이다. 2세 어린이들을 이렇게 만들어 놓은 우리 선배나 기성세대는 이 가슴 아픈 현실을 과연 어떻게 책임져야 할 것인가? 더구나 조국을 떠나 외국 생활을 하는 우리 해외 교포들은 자라나는 2세들에게 어떻게 조국을 설명할 것인가? 누구나 다 아는 사실이지만 국토 분단을 말하기 전에 먼저 우리 조국은 팔도강산 그리고 '삼천리 금수강산(三千里 錦繡江山)'이라는 것을 가르쳐 줄 필요가 있다. 역사적인 학술적 정확한 고찰을 떠나서라도 우리 조국은 옛날 기본적으로 팔도로 나누며 위로부터 함경도, 평안도, 황해도, 경기도, 강원도, 충청도, 전라도 경상도로 크게 구별하였다. 또한 각 도에 포함되어 있는 섬으로 제주도, 울릉도를 비롯하여 독도까지 우리 조국의 땅이다. 그런데 세월이 흐르고 시대의 변천에 따라 행정적 편의에 의하여 큰 도를 남북으로 나누어, 함경북도, 함경남도, 평안북도, 평안남도, 충청북도, 충청남도, 전라북도, 전라남도, 경상북도, 경상남도 그리고 황해도, 경기도, 강원도 그래서 조선 13도라 하였다.

해방이 되자 한반도의 점령국인 미국과 소련이 진주하여 정략적 방침으로 한반도를 남북으로 분할, 신탁통치(信託統治)를 해가며 각자 자국의 뜻에 맞는 한반도의 정부 수립을 위하여 미소공동위원회를 설치하여 의견을 교환하였으나 뜻이 일치하지 못하여 결국 오늘날과 같은 민족 분단의 비극을 만들어 놓았던 것이다. 당시 정부 수립을 위한 대의원 수를 미국을 배경으로 하는 남한은 인구 비례에 의한 대의원 수를 주장했던 반면 남쪽보다 훨씬 작은 인구수를 보유한 북쪽은 소련을 앞세워 행정구역 단위 분포에 의한 대의원 선출을 주장하며 신탁통치 기간을 이용 재빠르게 도의 수를 늘려 남쪽보다 많은 수의 대의원을 확보하려 하였고 급기야 황해도를 남북으로 나누어 황해남도, 그리고 황해북도로, 그리고 자강도, 양강도 두 도를 더 만들어 북쪽에만 아홉 개 도를 만들어 놓았다. 결국 의견이 상반되어 미소공동위원회(美蘇共同委員會)는 소기의 목적을 이루지 못하고 해산되었다. 한국은 남북으로 분단되어 한국 정부 수립 문제는 급기야 UN(*국제 연합- 제2 차 세계 대전 후 국제 평화와 안전의 유지, 국제 우호 관계의 촉진, 경제적·사회적·문화적·인도적 문제에 관한 국제 협력을 달성하기 위하여 창설한 국제 평화 기구) 으로 넘어가고 UN 감시 하에 남북 총선거를 실시하고자 하였으나 북쪽에서 응하지 않아 남한 단독으로 선거를 실시하여 대한민국 정부를 수립하고 UN 승인을 받게 되었다. 북쪽은 소련의 힘을 얻어 조선 인민공화국을 수립하였으니 오늘날 하나의 조국 팔도강산에 두 나라가 생기게 되었음은 온 국민이 다 아는 사실이다. 그 후 한국 정부는 행정 편의상 전라남도에 속하여 있는 제주도(島)를 제주도(道)로 승격하여 아홉 개의 도를 만들었으니 면적이 확장된 조국 강토도 아닌데 남북 도합 결국 18 도가 되고 말았다. 그 후 인구 팽창과 행정 편의상 '도'와 버금가는 직할시가 북한에도 2,3 개 늘어났으며 남한 역시 서울과 부산을 직할시로 만들어 우리 조국의 팔도강산(*八道 江山- 팔도의 강산이라는 뜻으로, 우리나라 전체의 강산을 이르는 말)은 옛 풍월에나 나오는 말이 되어 버리고 말았다.

그러면 8도의 명칭은 어떻게 작명되었으며 각 도별 사람들의 별칭과 기질 그들 나름대로의 좋아하던 노래 등이 어떻게 창조되었는지 이 기회에 한 번 알아보고 옛 조국의 참 모습을 되돌아볼까 한다. 그 당시 대 부분의 도의 명칭은 행정적으로 가장 발달된 큰 도시를 중심으로 삼아 연결되는 지방의 첫 자를 따서 도명을 만들었다. 다시 말하면

함경도 ········ 함흥(咸興)과 경성(京城).

   함흥은 행정적으로 가장 발달되고 유명한 큰 도시로 유배를 당하여 사는
   사람들을 빙자하여 함경도 간나새끼라고 하였다. 함경도 사람들이 즐겨
   불렀던 노래는 장타령이다.

평안도 ········ 평안(平安)과 안주(安州).

   평안도 사람들은 싸움 할 때 주먹보다 머리로 박치기를 했다.
   노래는 주로 수심가를 많이 불렀다.

황해도 ········ 황주(黃州)와 해주(海州)

산골 샌님 – 원래 말이 없고 얌전한 스타일.

노래는 새 타령.

경기도 ········ 수도 서울이 있는 도(道)라는 뜻에서 서울 경(京), 경기 기(機)

경기도 사람이 약삭빠르고 이익을 좇아 행동한다 하여 깍쟁이라 불렸다.

노래는 유행가.

강원도 ········ 강릉(江陵)과 원주(原州).

강원도 감자 바위. 산으로 이루어진 지방이라 쌀보다 감자를

주식으로 하였기에 생긴 말이다.

노래는 정선 아리랑

충청도 ········ 충주(忠州)와 청주(淸州)

충청도 양반. 관료적 사고방식을 많이 가지고 있으며

벼슬아치가 많이 배출되어 양반이라 함.

노래는 노랫가락

전라도 ········ 전주(全州)와 나주(羅州)

전라도 개똥쇠(바다가 육지를 이루게 된 땅에 사는 사람

즉 개땅쇠를 나쁘게 칭한 것임.)

노래는 육자백이 (서편제)

경상도 ……… 경주(慶州)와 상주(上州- 경상북도 서북부에 있는 尙州의 옛 이름.)

경상도 문둥이. 문둥병 환자가 아니라 문동(文童),

글을 배우는 아이라는 뜻인데 나쁘게 평가하여

소록도의 문둥병 환자를 칭하는 문둥이라 하였음.

노래는 쾌지나 칭칭 나네.

북한의 내용은 상세히 알 수 없으니 제쳐 놓고 남한의 도시는 강원도를 제외한 다른 '도(道)'들은 당시 큰 도시를 제쳐 놓고 신흥도시가 크게 발전하였는데 그 당시의 방법으로 도 명칭을 개칭한다면 전라도(全羅道)는 전주(全州)와 광주(光州)를 합쳐 전광도(全光道)로 경상도(慶尙道)는 대구(大邱)와 부산(釜山)의 대부도(大釜道), 충청도(忠淸道)는 대전(大田)과 청주(淸州)의 대청도(大淸道)로 개칭하여야 한다고 주장하였으니 신도시 개발을 두고 웃지 못 할 희극이 벌어진 것이다. 그런데 한 가지 특이한 것은 서울을 중심으로 남쪽의 전라도와 북쪽의 함경도가 인간성과 기질이 비슷하고 경상도와 평안도가 거의 같고 충청도와 황해도가 비슷하며 강원도와 경기도가 닮았다는 사실이다.

한 겨레, 한 민족이 반만년의 오랜 역사와 자랑스러운 전통을 이어가는 나라. 금, 은 자원이 풍부하고 산천초목이 수려한 금수강산(錦繡江山). 아름다운 꽃들이 피어나고 온갖 새가 노래하는 봄. 더위와 천둥, 번개와 비가 몰아쳐 세상을 요동하며 만물을 힘차게 키우고 때로 삼면에서 바닷바람을 몰고 와 땀으로 얼룩진 몸을 시원하게 해주는 여름. 온 세상을 단풍으로 곱게 물들이며 오곡백과를 추수하게 하는 가을. 백설이 온 천지를 하얀 빛으로 덮는 겨울이면 따뜻한 온돌방에 가족이 모여 평화롭게 휴식할 수 있는 우리나라, 대한민국…. 나의 모국(母國), 사랑하는 우리 조국(祖國)이다.

채우병 칼럼

초판 1쇄 발행 2020년 6월 25일

지은이 채우병
펴낸이 고희선
엮은이 Lin Kim

펴낸곳 재정사 JJBooks
주 소 경기도 김포시 감정로 64, 120-902
전 화 031-989-5538
이메일 jaejeongsa@gmail.com
등 록 137-91-13144
인 쇄 베스트디자인인쇄센터(주)

ISBN 979-11-970445-1-9

이 도서의 국립중앙도서관 출판예정도서목록(CIP)은
서지정보유통지원시스템 홈페이지(http://seoji.nl.go.kr)와 국가자료종합목록 구축시스템
(http://kolis-net.nl.go.kr.)에서 이용하실 수 있습니다. CIP제어번호: CIP 2020024459